「えっ」
いる。
縁側の中央辺り、白い獣が此方を向いて座っている。
ただそこにあるだけで、際立つ存在感を放つ姿からは、
不思議と恐ろしさを感じない。
「邪魔
るぞ」

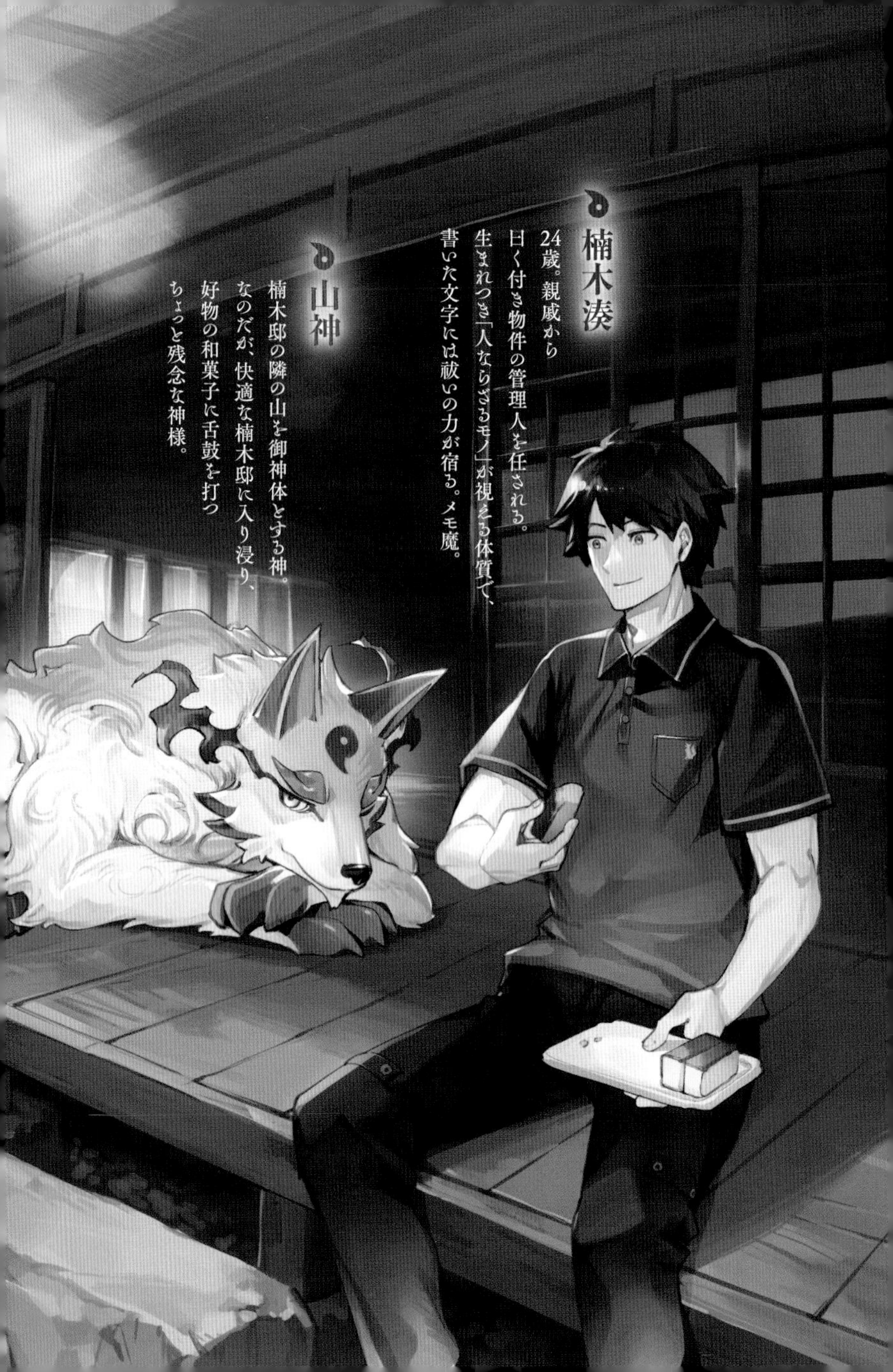
楠木湊
24歳。親戚から
曰く付き物件の管理人を任される。
生まれつき「人ならざるモノ」が視える体質で、
書いた文字には祓いの力が宿る。メモ魔。
山神
楠木邸の隣の山を御神体とする神。
なのだが、快適な楠木邸に入り浸り、
好物の和菓子に舌鼓を打つ
ちょっと残念な神様。

播磨才賀
27歳。人知れず「悪しきモノ」と
戦う現代の陰陽師で、
こう見えて武闘派。
生真面目で苦労人。
ウツギ
山神の眷属。
長男で生真面目なセリ、
長女でしっかり者なトリカ、
末っ子で自由奔放なウツギ。
洋菓子派。
トリカ
セリ

なんということでしょう。

カーテンを開けると、
庭の片隅に露天風呂ができていました。

「……本物の温泉、だ……。

とんでもねえ……」

「どうだ、お主も朝風呂にでも」

「ありがてえ、遠慮なくいただきます」

神の庭付き楠木邸

えんじゅ
[illust] OX

もくじ

第1章　悪霊溜まり場、一掃

不意に視界が陰った。

新たな職場となる一軒家の表門から入ってすぐの場所で、異変を感じた青年が立ち止まった。数歩先の玄関扉が黒く霞《かす》み、はっきりと見えない。つい先ほど表門から眺めた時は、焦げ茶色の木製玄関扉が鮮やかに見えていたというのに。

後退して、家全体を視界に入れる。黒い屋根瓦、黒い羽目板を備えた黒一色の外壁をした木造平屋が、黒いもやにすっぽりと覆われていた。

初訪問の家の不可解な現象に楠木湊《くすのきみなと》が目の錯覚を疑い、忙《せわ》しなく瞬《またた》く。目元をこすり、再度見直しても、やはり家の周囲に黒いもやがかかっていた。昼も近い時刻とはいえ、薄曇りの空では光源が心許《こころもと》ないからだろうか。

右側を見やる。家を囲む高い塀の向こうは、すぐに山の傾斜が始まり、こちらにも陰りが見えた。五月を間近に控え、一際鮮やかに色づいていた緑の木々だったはずだ。

「まさか、俺の視力が落ちたとか……？」

手元に視線を落とすと、地図のインクが薄くなっている。わずかに眉根を寄せ、不可解そうに首を傾《かし》げた。

とある山間の一角にポツンと建つ日本家屋、現空き家の管理人として雇われ、訪れたばかりだ。一度も会ったことすらない遠縁の親戚が建てた家である。その親戚が他界し、今は別の親戚が所有者となっている。だが住む気はなく、売りに出されたものの、皆一様に内覧しただけで断ってきたという。空き家となり二年経過している。

少しばかり曰《いわ》くつきの物件だ。

元建設会社社長、独身だった親戚が定年後に住むため、建材、釘《くぎ》一本に至るまで厳選し、こだわり抜いて建てられた。だが完成後間もなく本人は急逝し、実際に住んだのは一月《ひとつき》にも満たないわずかな期間だった。居住者がいない家は驚くほどの速さで傷んでいくものだ。

故人はここで余生を過ごすのを相当楽しみにしていたらしく、このまま放置して朽ちさせるのはあまりに忍びない。そう考えた現持ち主が、親戚中に声をかけ続け、最後に白羽の矢が立ったのが湊であった。

家業の温泉宿従事、次男、二十四歳。嫁はおろか、恋人もいない。

一度くらいは実家を出るべきだと、買い手がつくまでの管理を任された次第だ。両親、兄との仲は至って良好で、決してこれ幸いと厄介払いされたわけではない。

玄関前に佇《たたず》んでいると、強い春風に煽《あお》られ、膨れたボストンバッグの重みが肩にかかった。いつまでもここで突っ立っているわけにもいかないだろう。

「とりあえず、中に入ってみるか」

鍵を取り出し、鍵穴に差し込んで回す。すんなり開いた。地図を持ったままドアノブを摑《つか》んだ瞬間「いでっ」と弾《はじ》かれたように手を離す。

「なんだ？　静電気？」

顔をしかめ、手を振って痛みを逃がした。

湊には視《み》えていなかった。

地図が触れたドアノブを中心に、家全体を包んでいたどす黒い瘴気《しょうき》が一気に霧散したことを。空を覆うほどうごめいていた悪霊の大群が、一挙に祓《はら》われたことを。

特殊な目を持たない湊には、何も視えなかった。

落とした地図を拾い、顔を上げる。するとドアノブは明確に見えた。

「ん？　ちゃんと見えるな」

眼前を見て、横を見て。くすんでいた家も、山の木々も、しっかりとその輪郭を際立たせていた。

「……気のせいだった……？」

やや躊躇《ためら》いながらドアノブに触れると、今度は何も起こらなかった。安堵《あんど》して扉を開けると、閉めきった家独特の匂いが鼻につく。けれども、まだ新築らしい木の匂いの方が強かった。

配電盤のブレーカーを入れ、一通り室内を見て回った。

間取りは広めの縦長1ＬＤＫ。外観はさも和風の風情だが、室内は全面フローリングで洋風だった。オール電化、バリアフリー。過不足なく設置された生活家電、落ち着いた色合いで統一された家具類。すぐにでも生活できると知らされていたのは、間違いなかったようだ。

キッチンに置かれた冷蔵庫は、一人暮らしが使うには随分大きい。己の背丈とそう変わらない高さの上部を見つめ、しみじみと呟《つぶや》く。

「どれもこれも、ほとんど新品だ」

冷気が漂い始めた冷蔵庫に持参した食料をしまう。家中、すべての電化製品は新品も同然だった。恐らく数回程度しか使用されていないだろう。

「ありがたく使わせてもらいます」

なんとなく扉を閉めた冷蔵庫に手を合わせた。

振り返り、見渡す。キッチンカウンター、ダイニングテーブル、三人掛けソファにかけれたカバー。全体的に埃《ほこり》が積もり、空気も淀《よど》んでいる。長らく掃除されていないようだ。

上着のポケットからメモ帳を取り出した。

「まずは部屋の掃除からだろ。次は電化製品で――」

やることリストを作っていく。何かとメモをとるのが癖で、常にメモ帳とペンを携帯している。書き終えたメモ帳をキッチンカウンター上に置き、ダイニングの南側に面した大窓の前に立つ。

「よし、やるか」

厚地のカーテンを勢いよく開けると、だだっ広い庭が視界に飛び込んできた。高断熱複層ガラス窓を開け、縁側へと足を踏み出す。リビング横の寝室側からも縁側へと出られる構造になっており、そこは幅広く板張りの一つの部屋とも言えるほどに広々としていた。庭へと大きくせり出した屋根が頼もしく日差しを遮ってくれて、大層居心地よさそうだ。

故人は庭にも強いこだわりを持っていた。室内、縁側、家中どこからでも日本庭園を楽しめるように家を設計したという。

しかし今は、庭園などとはとても言えない、ただの荒れ果てた広場と言っても過言ではない。まばらに生えた雑草、申し訳程度に植えられた細い木々。周囲を大小様々な岩に取り囲まれたひょうたん形の窪《くぼ》み。その中央に架かる石の太鼓橋と縁側近くにある石灯籠だけが、存在感を放っていた。作庭途中で放り出されたとしか思えない。一面に落ち葉や枝が散乱しているのは、高い塀を乗り越えた山の木からのお土産らしい。

なんとも物悲しい景観だった。

「あー……」

思わず、失望のため息が漏れてしまう。新築と見紛《みまが》うほど綺麗《きれい》で立派な家だけに、庭の貧相さが際立つ。実家、温泉宿の庭は庭師により、常に美しく保たれている。その状態を当然として育ってきたからこそ尚更《なおさら》、残念だと感じてしまう。

とはいえ、ひとまず庭は後回しにして、家の中を優先すべきだろう。

「掃除だ、掃除。その前に着替えよ」

吹きつけてきた風に背中を押されるように、家の中へと戻っていった。

○

丸二日をかけて清掃を終わらせた。

家の中は気密性の高さからか、さほど問題はなかったが、家の外壁は虫に占領されている部分が大半であった。速やかに山へとお帰りいただき、窓拭きに勤《いそ》しんだ。家の内外すべてを磨き上げた結果、新築の輝きを取り戻した。


早朝。首を回し、のろのろと寝室からキッチンへと向かう。

「あー……怠《だる》い。そういえば、家の周りに黒いもやがかかっていたのは、なんだったんだ。今はそんなの見えないしな。……気のせいだった……ん？」

冷蔵庫に貼っていた付箋が、床に落ちていた。

いつもの癖で庫内の中身を記して貼りつけていた物だ。拾い上げて見れば、若干文字が薄くなっており、所々掠《かす》れていた。

「……ペン、買い換え時か？」

付箋を冷蔵庫の扉に貼り直す。冷蔵庫から取り出した水のペットボトルを呷《あお》り、何げなく振り返った。寝室の扉に貼っていた付箋も床に落ちている。

ごくり。飲み込んだ音が、やけに室内に響いた。

実家には、すべての扉に小さなボードが掛けてあり、何かにつけて書き込むのが習慣だった。明日の予定であったり、買い物リストであったり、家族へのメッセージであったり。扉を開け閉めする際、嫌でも目につき、うっかりを防止できるからだ。

床に落ちた付箋の糊《のり》部分に指を押しつけ、引き上げる。

「……少し糊が弱い……ような」

付きが甘い。先ほど扉を開閉した時に落ちたのだろう。こちらも冷蔵庫の付箋と同じく文字が、消えかかっていた。

昨日、付箋を貼りつけた最後の場所は、玄関扉だ。この家に廊下はなく、リビングの引き戸を開ければすぐに玄関という構造になっている。こちらも剝がれ、スニーカーの横に転がっていた。それを手に取り、裏表を見る。

予定を記していた文字が、完全に消えていた。

「今のところは、これで」

メモがないと落ち着かない。新しい付箋に『買う物　付箋、ペン』と書き込む。玄関扉に貼りつけ、上から何度もこすりつけた。実家ならば、同じ位置にあるボードに『窓の鍵、ガスの元栓。要確認』と書いてあるのにな、と少し感傷的になる。

しばらく物憂げに、剝がれた付箋の糊部分をペタペタと指で触っていると、消えてしまった文を思い出した。

「そうだ、今日は庭師の人が来るんだった」

ぼんやりしている暇はない。玄関扉へと背を向けた。


天気は快晴。雲一つない青空が広がっている。

人を招く前に空気を入れ替えようと、家中の窓を豪快に開け放つ。庭に面したダイニングの窓を開けた途端、室内に突風が吹き抜けた。床に置いていた空バケツが音高く倒れて転がり、テーブルの上に置いてあった大量のコピー用紙が流され、窓の外へと飛び出していく。視界を紙片が埋め尽くす。

「うわっ」

咄嗟《とっさ》に片腕で目元を庇《かば》った。紙は鋭利な凶器にも成りうる。危険極まりない。

その隙に湊の横を、白い帯と化した紙束がすり抜ける。空に舞い上がり、四方へと拡散。そして庭の上空に薄くかかっていた瘴気を、瞬く間に消してしまう。数多《あまた》の紙の活躍により、一瞬にして薄暗かった庭が、穏やかな光が満ちる庭へと変貌を遂げた。

だがしかし、その鮮やかに変化する様を湊が目にすることはなかった。

紙片の乱舞と床で回転していたバケツが止まる気配を感じ、腕を下ろす。その視界に入ったのは、白い紙片が散らばる殺風景な庭だった。

「あー、拾わないと……めんどくさ」

暇潰しに文字を書き連ねていたのが仇《あだ》となった、と項垂《うなだ》れた。磨き上げた縁側から庭に下り、片っ端から拾い上げていく。

コピー用紙に書かれていた文字群の半分以上は、消《き》え失《う》せていた。

○

熟練の庭師たちにより、庭は見違えるほどに整えられた。

塀の上から大幅にはみ出していた山側の樹木、伸び放題だった雑草も消え去った。申し訳程度に植えられていた低木も綺麗に刈り込まれ、随分見映えはよくなった。だがやはりどうしても、寂しい印象は拭えない。

どうぞ、と湊が縁側に腰掛けた若い庭師に煎茶を振る舞う。つなぎを着た大柄の庭師が快活に礼を述べ、首に掛けた手拭いで顎を伝う汗を拭った。

「いやあ、あまり時間もかからず、あっさり終わってしまいましたよ」

「午前中で終わってしまいましたね。お世話になりました」

丸一日の予定だったが存外早く片づき、まだ昼前だ。大勢いた他の作業員たちは、先ほど軽トラック三台に小山を築いた枝葉とともに帰っていった。

「山からのお客さんが手強《てごわ》かったくらいですねえ」

「塀の半分は上から覆って見えてませんでしたからね。白い壁が眩《まぶ》しい」

からからとおかしそうに笑った庭師がお茶で喉を潤す。それから空の池を眺め、目を細めた。

「ここを中途半端に放り出すかたちになった親父《おやじ》は、とても残念がっていました」

彼の父が作庭を依頼されたのだという。志なかばで断念せざるを得なかったのは、この家の持ち主が急逝したからだけではない。彼の父もそう間を置かず鬼籍に入ったからだった。

グラスを握る庭師の手の甲に力が込められたのが、湊からも見て取れた。静かで温度のない声の彼はどんな思いを握りしめたのか。

死因について詳しく語られることはなく。一度深く息をついた若い五代目は、愛想よく問う。

「庭の方は、どうしますか。よければ俺が引き継ぎますよ。とりあえずシンボルツリーでも植えますか？　今のままではあまりにも寂しいでしょう」

「そうなんですけど、俺がここにいるのは一時的なものなんですよね」

「……そうなんですか」

「はい。なのであまり勝手にするのもどうかと思ってまして」

少し残念そうに首を傾けた庭師が顔を歪《ゆが》め、肩を摑《つか》んだ。いやに痛そうだ。

「もしかして作業中に痛めました？」

「いえ、ここのところ、どうも調子が悪くて」

ぎこちなく肩を回すその顔色もあまり優れない。早めにお帰りいただいた方がいいだろう。

「この家の持ち主に、庭のことを訊《き》いてみます。俺もこのままではどうかと思いますし」

「わかりました」

湊は連絡を取る旨を書き込もうと上着のポケットからメモ帳を取り出した。直後、背後から強い風が吹く。メモ帳が捲《めく》れ、間に挟んでいた一枚の書きかけのメモ紙が飛ぶ。庭師の肩に当たった瞬間、双方、驚きの表情になった。

「すみません!」

「え? あ、いや、大丈夫ですけど。なんか肩が、急に……」

「どうかしました?」

曲げた腕をぐるぐると前後に回し、次に首も回す。その軽快な動きに合わせ、乾いた快音が鳴った。

「……軽い。あんなに重かったのに」

幾分か顔色がよくなった庭師が、にわかには信じられないといった口振りで呟く。

「え、まったく?」

「はい、腕を上げるのが辛かったんですが……」

「まあ、痛みがなくなったのなら、よかったですね」

湊が呑気《のんき》に笑顔で告げた。

「ええ、まあ、そうです、ね……?」

困惑しきりながらも同意した庭師が、狐《きつね》につままれた面持ちで暇を告げた。

裏門まで見送るべくついていく湊には視えていないが、視える人であれば視えただろう。叩《たた》きつける勢いで貼りついたメモ紙により、家を訪れる前から彼の肩にべったり乗っていた悪霊が、爆散された無残な様を。

綺麗に祓われた背中が、軽い足取りで裏門をくぐっていった。

○

黒い外観の瀟洒《しょうしゃ》な家屋は白い塀に囲まれている。

表と裏に数寄屋《すきや》門がある。表門の柱に木製の表札を取りつけ、湊は満足げに首肯した。

「一時的だけど、俺がいる間くらいは、いいよな」

二十四歳にして初の一人暮らし。しかも大層立派な一軒家で、仮とはいえ憧れの一国一城の主《あるじ》である。自分の家に己の表札を掲げるのは、ささやかな夢だった。厚木に彫られた楠木の黒文字を上から人差し指でなぞる。表札は湊の手作りだ。

「結構、上手《うま》くできたな。うん」

書道の心得はなくとも、読みやすく綺麗な字だと褒められることが多い。

字の歪みもなく納得の出来栄えに、思わず自画自賛する。幾度もニス塗りと乾燥を繰り返し、墨で書いた文字を彫刻刀で彫った後、砥《と》の粉《こ》を塗り、黒色を入れる。またニスを複数回塗れば、完成となる。心を込め、時間をかけて作成した。

子供の頃から実家の表札、温泉宿の看板を作り続けており、今回二つ作り上げ、持ってきていた。

出来のいい方を表門に取りつけ、裏門へと向かう。塀の外側を埋めていた雑草も消え、歩きやすくなった平坦《へいたん》な細道をたどる。家を取り囲む塀は湊の背丈よりも高く、外からの視線を完全に遮断してくれる。

「そういえば、なんで表札を作るようになったんだっけ。あー、そうだ。子供の頃、すげえ褒めてくれた人がいたからだ」

小学校高学年時、宿題で作った物だった。今よりはるかに出来が悪く、歪《いびつ》に曲がった文字で素朴な木材の切りっぱなしに、温泉宿名を彫っただけの物だ。父に渡せば、温泉宿の門柱に飾られてしまい、気恥ずかしくも嬉《うれ》しかったものだ。それを宿泊に訪れた客人が、手放しで褒めてくれたのだ。パナマ帽を被《かぶ》り、和服を着た壮年の男性だった。

——これは素晴らしい、君が作ったのか。絶対に外さない方がいい。もう一つ作って家の方にもつけることを強くお勧めするよ。ついでにおじさんにも作ってくれないかい、お金はちゃんと払うから。

「そう言われた時は、驚いたけど」

かすかに笑い、裏門柱にも表札を取りつけた。

キンッと高く澄んだ音が鳴る。湊の耳には聞こえない、結界が張られた音だ。閉じられた正方形の敷地《しきち》から、翡翠《ひすい》色の光が四方へと放たれた。家の上空にわずかに渦巻く瘴気を消し去っていく。瞬時に薄く陰っていた家と山肌が、鮮明な姿を取り戻した。

柔らかな一陣の風が吹く。隣の山の斜面を埋める木々がざわつき葉音を立てる。まるで歓喜に震えるように。歌うように。

「うん。こっちもなかなか」

表札だけを眺めていた湊は、何一つ気づかない。たとえその目を向けていたとしても視ることは叶《かな》わなかっただろう。悪霊を視認できる特殊な目を持たないのだから。

助言をしてくれた客人の勧めで作った実家の表札は一年も持たず割れてしまい、今の物は一体何代目になるのか覚えていない。懇願してきた男性にも作成して渡せば、非常に喜んでもらえた。そして謝礼として渡されたのは、温泉宿の離れに半月は余裕で泊まれる金額だった。家族一同騒然となったものだ。以来、彼が訪れることはなく。今もどこかで元気に過ごしてくれていればいいと湊は思う。

思い出に浸りつつ、門扉を閉じた。結界の中に満ちた清浄な空気の中を、気負いのない歩みで家へと戻っていく。

かたん。

誰もいないはずの裏門で、表札が仄《ほの》かに揺れた。

○

表門のすぐ手前に青々とした草がこんもりと盛られているのが見えた。食料品の買い出しに出掛け、昼過ぎに帰り着くと、この有り様だった。

両手に買い物袋を提げた湊が周囲を見回す。誰もいない、人っ子一人いやしない。つい今し方降りたばかりのタクシーが、舗装されていない道をのんびりと遠ざかっていくだけだ。その道の両側には草薮《くさやぶ》だらけの空き地と田んぼのみ。タクシーが向かう先に片側一車線の車道が見え、その向こう側にまた田んぼと数軒の民家、さらに山へと続く。視界を遮る高層建造物は一切見当たらない。

紛うことなき田舎の風景が広がっている。

心地よく視界が開けた片側と打って代わり、反対側は山が高くそびえ、樹木が風にそよいでいる。

緑深い山中にお住まいの人はいない、と思われる。

近所とは到底言えない、田んぼと道を隔てた家の方からのお裾分けの線も考えにくい。

思案しながら、しばし見晴らし抜群の景色を眺め、門へと向き直る。ざくざくと砂利道を踏みしめ、低い石段を上がる。採ったばかりであろう瑞々《みずみず》しい草の青くさい匂いが鼻をついた。

円形の手のひら形をした、道端によく生えているありきたりな草だった。

「……まさか、嫌がらせとか？」

わざわざ、このような酔狂な嫌がらせをする者がいるだろうか。

湊はこの土地に馴染《なじ》みがなく、知り合いすらいない。ここに来ていまだ庭師数人としか面識もなく、他に心当たりの人物など当然いない。先ほど初めて赴いた、商店街の人たちなど論外であろう。田舎だろうが、都会だろうが、どこだろうが思いもよらない行動を起こす奇天烈《きてれつ》な人間はいるものではあるが。

「様子見で」

草山を迂回《うかい》し、格子状の門扉を開けた。

小山を築くのはチドメグサ。葉の汁には、その名の通り血止めの効能がある薬草である。それを知らない湊には、ただの雑草に過ぎない。

強めの風が吹き、小山の頂の数本が飛ばされていった。

翌朝。表門の格子戸をわずかに開けて覗《のぞ》く。昨日の草山は跡形もなく消えていた。

だが。

代わりのように新たな花付きの草が、地面に整然と並び置かれていた。卵状楕円《だえん》形の葉が対生し、その合間に筒状の白い花弁が二つ。甘い芳香を放つ。

「これって確か、蜜を吸えたはず」

さして植物に興味がない湊でもそれくらいは知っていた。亡き祖父から聞いた覚えがある。

「甘い物は昨日買ってきたから間に合ってるんだよね。それに、地べたに置かれた物を口にしたいとは思わんし」

すげなく顔を引っ込め、ぴしゃりと格子戸を閉めた。田舎育ちのわりに、スイカズラの甘い花の蜜を吸った体験がない湊の反応はどうにも芳しくなかった。

誰の視線もない静かな道端で、横一列に並んでいた薬草が瞬く間に消える。後には花弁一つも残されていない。


翌々朝。格子戸の隙間越しから、そっと窺《うかが》う。

鮮烈な朝陽《あさひ》に照らされた地面には何も置かれていなかった。もう不思議現象は終わりかな、と思い、格子戸を引き開ける。頭を全部出して首を巡らすと、表札の真下に見慣れた物が置いてあった。

「あ、よもぎだ」

つい喜色が乗った声をあげてしまう。鋸葉《のこぎりば》のよもぎ束が大振りの葉に包まれ、さらに平たい石の上に置かれていた。細やかな気遣いが素晴らしい。

ガラリ。門扉、全開。

近づくと、心落ち着く独特な香りが鼻を掠める。思わず笑顔になった。

「もらっていいのかな」

好物の前では、多少の不穏さなぞ吹き飛ぶ。ちょうど団子の粉を買ったばかりで、実にいいタイミングであった。よもぎ団子に思いを馳《は》せ、いそいそとよもぎの束を抱えて格子戸を閉ざした。

かたん、かたん。

無風無人の場で、弾む表札が高い音を打ち鳴らす。湊の喜びに呼応するように、さも楽しげに、愉快げに。

朝から郵便受けを確認すべく玄関扉を開ける。足を踏み出すと、玄関ポーチ脇に置かれた物に気づいた。いささか古びた竹籠の中、溢《あふ》れんばかりの小粒の赤い果実が、大葉に包まれて入っている。

「これ食べたことある。甘酸っぱくて、美味《おい》しいやつだ」

弾けそうな実を湛《たた》えたクサイチゴが入った籠を両手に掲げ「ありがてえ」と湊は頭を下げ、嬉しげに笑った。

それなりにいい歳《とし》をした湊だが、こんないかにも怪しげな物を喜んで受け取るのには理由がある。実家の仏壇と温泉宿の神棚に供えた物は消えるのが当たり前、いつの間にか食卓上に残していた菓子も消えるのも日常茶飯事。幼少期から幾度も不思議現象と遭遇してきており、馴染みがあったからだ。

亡祖父が生前に教えてくれた。

——うちには童子さんがおる。悪いモノではない、むしろいいモノだ。いいか、湊。菓子を盗《と》られても決して怒るなよ。菓子の一つや二つぐらい気前よくくれてやれ。

彼は人ならざるモノが視える人だった。

湊自身、その存在をはっきりと視たことはない。しかし、家中でふとした時に視界の隅を巨大な影が掠めていったり、廊下の角を曲がる人ではあり得ない小人の後ろ姿を目撃したり。不可解なことがあったのは、一度や二度ではなかった。

それを興奮しながら祖父に伝えれば。

――あれらは童子さんのお友達だよ。どうやら、お前はいいモノしか視えんようだなあ。

そう言って深く刻まれた笑い皺《じわ》をより一層深めたものだ。


過去を振り返り穏やかな顔で、クサイチゴが入った籠をキッチンの流し台に置いた。庭側の窓を見やる。青空の下、庭の片隅を白っぽい巨大な影が掠めていった。瞬いた湊の口角が上がる。

実家で見掛けるモノたちと同じ、淡く発光した白いモノ。

位置は低かったが湊と同等か、それ以上はありそうだ。人に似た姿ではなく、獣に似た姿だった。

この家にも神棚はあるが、掃除したきりで何もあげていなかった。ポケットからメモ帳を取り出す。

「お礼しないとな」

盗るどころか、好物をくれたのだから。何モノかはわからなくとも亡き祖父の言葉を信じるならば、あれはいいモノだ。何より、今まで不思議現象で嫌な思いをした経験は一切なく、何も心配していなかった。

「童子さんたちはなんでもござれで、酒ならなんでもよかったけど、無難に日本酒にしとくか。甘い物は……やっぱり和菓子？」

ガタガタッと勝手口の扉が不自然に揺れた。さも催促するかのように激しく、音高く。よほどお好きと見える。

声を立てて笑い、メモ帳に品々の名を書き込んでいく。

「えーと、他にもあったな。そうそうゴミ袋、と」

実家のモノたちとは、ここまで鮮明なやり取りしたことはない。わざとテーブルにいくつか菓子を残しておくと、時折、礼なのか窓辺に季節の花が置かれていたことがあったくらいだ。そんな経験もあり、草のプレゼントにも動じなかったのだ。

ともあれ、こちらのモノは随分と自己主張が激しいらしい。

笑いが引かないまま、カウンター上の財布へと手を伸ばした。

第2章　初邂逅

一瞬だった。

人の何倍にも膨れ上がった怨霊が、歩いていた青年に襲いかかった瞬間、祓われた。

木っ端微塵《こっぱみじん》に跡形もなく、露と消え去った。熟練の祓い屋、陰陽師《おんみょうじ》であろうと、こうも素早く綺麗に祓えはしない。

怨霊を祓うべく追いかけていた黒スーツの若い男が、両手で印を結んだ状態で凍りついた。

何が起きたのか。今、目の前で起きたのは果たして現実の出来事なのか。

すぐには理解が追いつかない。眼鏡奥の両目を見開き、メモ帳片手にぶつくさ呟きながら近づいてくる青年を凝視するだけだった。


かつての活気を失った古めかしい商店街の一角。澄み渡る蒼空《あおぞら》が広がる昼日中にもかかわらず、路地裏は薄暗く空気が淀んでいた。道端に塵《ちり》や瓦礫《がれき》が散乱し、人影はない。

細い路地に面した、亀裂の入った壁の二階、割れたガラス窓から瘴気が迸《ほとばし》る。

「まずい、外に逃げたぞ！」

建物内から焦った声が発せられたと同時、ガラスが割れる派手な音。割り砕かれたガラス片と窓枠が弾け飛ぶ。そこから、どろりとタール状の黒い塊が流れ出てきた。大蛇を彷彿《ほうふつ》とさせる姿の怨霊が、するすると壁を伝い、地面へと下りる。一度大きく身を震わせ、ガラス片が散らばる道をのったりと這《は》いずっていく。

「俺が行く！」

鋭い声が室内から響く間も、黒い塊は遊ぶように蛇行しながら大通りへと向かう。

空き店舗の二階に巣食っていた怨霊を、あと少しのところで取り逃がした陰陽師、黒スーツの男が部屋を飛び出す。至る所に物が散り、剝がれが目立つリノリウムの狭い階段を駆け下りる。最後の四段を跳び下り、着地。手すりを軸に上着の裾を翻して回る。狭い廊下を駆け、裏口扉を蹴り開けた。片方の蝶番《ちょうつがい》が外れ、朽ちかけの扉が破壊音とともに地面へと倒れる。


路地に出ると、はるか先に地を這う怨霊の姿があった。

一帯は空き店舗ばかりで、人気はない。速やかに退治してしまえば問題ない、と走りながら考えたのも束《つか》の間《ま》。

人がいた。

二十代前半と思《おぼ》しき青年が大通りを曲がり、こちらの方へと歩いてくる。手元に視線を落とし、片腕に買い物袋を提げて至って呑気に。陰陽師が焦る中、あろうことか、怨霊が青年に狙いを定めた。

瞬く間に膨れ上がった黒い塊が、青年を頭上から包むように覆い尽くす。すかさず立ち止まった陰陽師が、九字を切ろうと両手で印を結ぶ。

その時突然、怨霊が爆発四散した。

周辺の淀んでいた空気もろとも吹き飛び、瞬時に除霊された。「臨《りん》」と真言を唱えかけていた、陰陽師の眼鏡がずり落ちる。辺りには清々《すがすが》しい空気が満ち、悪《あ》しきモノの気配は微塵《みじん》もない。追いかけていた怨霊のせいで、一面に低級の悪霊まで蔓延《はびこ》っていたというのに。

今のはなんだ。実力のある陰陽師三人がかりでも苦戦していた怨霊があっさり祓われてしまったのは。夢か、幻か。

「うわっ、また消えてる！」

メモ帳を捲っていた青年が出した大声で、我に返った。呆《ほう》けている内に、すぐ傍《そば》まで近づいてきていたらしい。背はあれど痩身、さもちょいと近所へ買い物に来ましたといった風情のラフな格好。腕に提げられた買い物袋の中から、瓶同士の当たる硬質な音が鳴る。

「な、にが？」

意図せず、ぽろりと問いかけていた。青年は、怨霊に一切気づいていないようだった。怨霊クラスの悪しきモノであれば、いくら鈍い人間でも悪寒を感じる等、何かしらの異変を感じるものだ。けれども、けろりとしている。

鈍感体質か、あるいは、何かに護《まも》られているのか。

顔を上げて陰陽師を視認した彼は、身体《からだ》のどこにも異常はなさそうで、ただ不機嫌なだけだ。

「文字だよ、文字！　書いたばかりだったのに！」

「文字……」

意味もなく反芻《はんすう》した。青年はよほど腹立たしいのか、初対面の相手であろうと遠慮なく愚痴ってくる。

「買ってすぐのペンで書いたんだけど、あー、もう、なんで消えるんだ。それはそうと、ゲルインクのペンって書きやすいけどすぐ減るのは、玉に瑕《きず》だよな。や、好きだけど。これの書き味を知ってから他のは使えなくなったけど」

「はあ」

「あー、うっかり買い忘れたの、なんだったか。ほら、あれだよ、あれ」

「あれと言われても」

「なんかこう、日常に欠かせない物だったはず。毎週決まった日にいる大事な、」

「ゴミ袋？」

「それだ！」

満面の笑みになったものの、すぐさま真顔になり、周囲を窺う。「あのさ」と声を抑えた。

「俺、越してきて間もなくて、ここ初めて来たんだけど、すげえ寂れてるね。シャッター下りた店しかないし。また買い物した場所まで戻るの億劫《おっくう》でさ。この辺りでゴミ袋買える店あるか知らない？」

「……君が来た反対側の方、大通りを抜けた先に新しい商店街がある、が……」

「助かった。ありがとな、親切なお兄さん！　じゃ！」

片手を挙げて快活に笑い、颯爽《さっそう》と駆けていく。瓶同士がぶつかる硬質な音を立て、角を曲がり、見えなくなった。元気のいいことだ。己よりいくらか年下だろうと当たりをつけながら、ぼんやりと見送ってしまう。

「お、い、播磨《はりま》。だ、大丈夫だったか？　怨霊、は？」

背後から、ようやく追いついた陰陽師仲間が声をかけてきた。片や荒く肩で息し、片や膝に手をつき前屈《まえかが》みで息も絶え絶え、声すら出せない様子。怨霊を追い詰めるまでにかなりの時間を費やしたせいだろう。無理もない。あまり歳は変わらずとも、体力無尽蔵とよく言われる己とは違うようだ。褒められているのか、貶《けな》されているのか。知らないが。浅く息を吐く。

さて、どう説明したものか。

しばし悩み、答えを弾《はじ》き出《だ》した播磨は、眼鏡のつるを押し上げた。

陰陽師たちが連れ立って歩き去った後、祓われた怨霊の跡から小さな白いモノがうごめく。少しずつ、少しずつ。移動し始めた。湊が去っていった方へと向かい、じりじりと。

その光景を目にする者は、ただの一人もいなかった。

やがて太陽が沈みゆく時間帯。茜色《あかねいろ》の空を野鳥が一列になってねぐらへと帰っていくその下で、湊も家に戻った。

○

商店街で己が怨霊に襲われたことも、意図せず祓ったことも。欠片《かけら》も知る由もなく、不機嫌さはどこへやら。購入してきた日本酒と和菓子を喜んでもらえればいいな、と心踊らせていた。

神棚に供えるべきか、庭に供えるべきか、それが問題だ。

「庭にしよ。催促されたし」

かすかに笑みを浮かべ、わずかにカーテンを開けた。

「えっ」

いる。

縁側の中央辺り、白い獣がこちらを向いて座っている。

半端に開けたカーテンを摑んだまま、瞠目《どうもく》した。こうまで堂々と姿を現してくるとは、想像だにしておらず面食らう。人ならざるモノを真正面から見たのは初めてだ。

犬か、狼《おおかみ》か。

精悍《せいかん》な面構えの位置が湊の腹部辺りまである。巨躯《きょく》の長毛を風になびかせ、ガラス窓越しに相対する湊を静かに見つめている。明らかに普通の獣ではない。その体躯《たいく》はうっすら透けており、朱色に染まる殺風景な庭が獣越しに見えた。透けてはいても、ただそこにあるだけで、際立つ存在感を放つ姿からは、不思議と恐ろしさを感じない。

意を決し、窓を開けて静かに縁側へと足を踏み出す。二メートルほどの距離を空けて対峙《たいじ》する一人と一頭の合間を、風が吹き抜けた。

逃げるそぶりなど欠片もなく、泰然と鎮座する美しい純白の獣。緊張から強張《こわば》る湊を映した黄金の眼《め》を、ゆうるりと細めた。

「邪魔するぞ」

腹の底に染み入る深い深い声色。総毛立った湊は、軽く身を震わせる。人外の声を聞いたのも無論、初めてのことであった。


獣の食事風景は豪快だ。

鼻梁《びりょう》に深い縦皺《たてじわ》を刻み、獲物に牙を突き立てる。鋭利な牙は食らいついた肉を紙でも裂くようにあっさりと噛《か》み千切った。咀嚼《そしゃく》音を立て、次々と飲み込んでいく。弧を描く黄金の両眼、絶えず振れる長い尻尾。気持ちいいほどの食いっぷりは、至極満足そうだ。

「どうですか、お味のほどは」

「……うむ」

最後まで飲み込み、大狼は返事をくれる。忙しない尻尾が巻き起こす風を半身に受け、縁側の縁に腰掛ける湊もフライドチキンにかぶりついた。

大狼は、お隣の山の神だという。

それを聞いた湊は「隣神《りんじん》？　山神さんでいいんですかね」とややふざけて尋ねた。すると「うむ。よかろう」とあっさり快諾されてしまう。

ゆえに、呼称は〝山神さん〟に決定した。神といえど存外気安い方のようだ。


星空の下、ともに縁側でくつろぎ、夕食を摂《と》っていた。リビングから漏れる斜光が、仲よく隣り合い談笑する一人と一柱を優しく照らす。

「ちと脂が多いがうまいものよ」

「口直しに酒、要りますか」

「まだ完全に力が戻っておらんのでな。すまぬ、水がよい」

「あー、力が弱ってるんでしたっけ」

ミネラルウォーターをガラスボウルに注いだ。山神の体が透けているのは、神力なる力が弱まっているからだという。

「おかげで、鬱陶しいモノが祓えんでな」

水を舐《な》めながら山神が苦々しく吐露する。それを眺め、グラスを傾けて炭酸ジュースを呷る湊は、下戸である。

「美味である。我の所の清水に勝るとも劣らぬ」と唸《うな》り、うまそうに飲み続ける。

「お主のおかげで助かったぞ。礼を言う」

「……心当たりがありませんけど」

空になったボウルから顔を上げた大狼が、長い舌で口回りの滴る水を舐め取った。じっと見つめてくる。まるで心の奥まで暴かれそうな底知れぬ眼を向けられ、湊は落ち着かない気分になった。

程なくして、山神が神妙な口調で告げる。

「知らぬ、気づかぬ方が、お主のためなのか。我では計りかねる」

「はあ」

「だが、その力は稀有《けう》なもの。自覚し、磨けばさらなる力を手に入れられるであろう」

「はあ……？」

内容が何一つ理解できない湊は生返事するしかなかった。グラスに炭酸ジュースを注《つ》ぎ足《た》し、思いつきで尋ねる。

「無意識で何かしてるとか？」

「ああ。悪しきモノを祓っておる」

「俺がですか？」

思いがけない情報は、にわかには信じられない。「えー……あ、水もっと要りますか」「頂こう」のやり取りの後、新たなペットボトルの封を開けた。ボウルへと勢いよく注げば、しゅわしゅわと泡立ち、表面から泡が弾ける。

大狼はそれを無言で見つめ、次いで物問いたげに湊を見やった。ニコッと営業スマイルを返す。

長年培った接客用笑顔は、この上なく胡散《うさん》くさい。

わずかに躊躇った大狼が、恐る恐る長い舌を細かい気泡が立つ水へと伸ばしていく。触れた直後。

「っ！」

しびびっと耳から頭、背中、尻尾の先まで何かが駆け抜け、毛が逆立った。してやったり、と湊の笑みが深まる。

「炭酸水です」

「舌がひりつく……ぬぅ、これもなかなか」

尻尾が音高く床を叩く。湊が思考を転がすため、少し遊んだ後に眉間に皺を寄せ、腕を組んだ。

「祓ってるって、どうやって……？　気合い？　無意識で？」

「おぬひが、きゃいたものひょ」

「え、なんて？」

ひたが、ひたが、と舌の痺《しび》れを楽しむ山神の言葉は聞き取り辛《づら》い。湊もグラスを傾け、喉を潤した。

炭酸水を飲み上げた大狼が姿勢を正し、鎮座する。静かに佇むとやけに神々しさが増す。風に揺れる毛並みが煌《きら》めいているのは目の錯覚か。最初に見た時よりも、体躯が明瞭になったのは気のせいなのか。

気圧《けお》され、だらけた姿勢は失礼かと、座布団に正座し、背筋を伸ばして大狼と向き直る。神たる獣が御神体である高くそびえる黒山を背に、厳かに神威《かむい》を乗せて宣《のたま》う。

「お主の書いた文字が祓っておる」

朗々と庭の隅々まで響いた。さながら大気を震わす天からの神託のようだった。思いもよらないお告げは、湊の心にまで深く、重く響いた。美しい神が仰せなのだ、疑う余地はあるまい。雰囲気に呑まれ、平伏《ひれふ》しそうになった瞬間、げふっと追加されるげっぷ。威厳が夜空の向こうへと裸足《はだし》で逃げ出した。

台無し、台無しだ。

ただの巨大な狼と化したモノが、ちらりと視線をペットボトルへと流す。

「炭酸水を頼む」

「はいよ」

猫背に戻った湊が苦笑し、ふと閃《ひらめ》く。

「ああ、だから字が消えるのか！」

「左様」

「おお、謎が解けてすっきりした」

炭酸水ペットボトルを摑んで持ち上げると、尻尾が激しく揺れた。

「ん？　じゃあ、これからも書いた字が消えるってこと？」

どぼどぼとボウルの半分まで注ぐ。「左様。おっと、もうよい」と前足を翳《かざ》して制止をかけられる。

「はいよ。えー、迷惑だな。油性でも駄目ってこと？」

「さして変わるまい」と澄ました顔で炭酸水をがぶ飲みしていく。

いつの間にか敬語ではなくなっているが、山神は気にもしない。

「書いただけで悪いモノなんか祓えるんだ……知らなかった」

「お主が字を書いた紙が触れると、悪しきモノは面白いように消し飛ぶ。我が弱っている隙に、ここに巣食っておったモノどもが一瞬で塵も残さず消え去ったのは、よい見せ物であったぞ」

人の悪そうな、いや、神の悪そうな面持ちの山の神が嗤《わら》う。三日月を形作った眼が庭の先、裏門へと向けられた。

「あの表札は、さらによいものぞ」

「書いた大本の字は消えてるような……時間かけて彫ったから？」

「祓う力がよりこもっておる」

「へえ。あー、そういえば、昔作った同じような物をすげえ褒めてくれた人がいたんだけど」

「視える者だったのであろうよ」

「そうかも」と納得し、かつての不思議現象の一つを思い出す。

「表札が一年持たずして割れたりするのは」

「力尽きたからであろうか」

「……そう、か」

目を閉じ、湊がしみじみと零《こぼ》した。過去、表札は幾つも割れた。稀《まれ》に一月《ひとつき》持たない時もあった。

実家が温泉宿を経営していると伝えると、様々な者が訪れる場所は悪いモノが集まりやすいのだと教えられた。加えて温泉は身体の汚れだけでなく、穢《けが》れまで落とされていくという。

実家が心配だが、予備の表札を置いてきているから、もうしばらくは大丈夫だろう。

五月の夜風はまだ肌寒い。厚着はしていても風に煽られ、寒さに震えた。気づいた山神に促され、初の食事会はお開きとなった。

○

それから山神とほぼ毎日、食事をともにするようになった。

山の神たる大狼は概《おおむ》ね庭にいる。縁側で寝そべり、微睡《まどろ》んでいる姿をよく見かけた。時折いなくなることもあるが、もはや隣神ではなく、同居神と言えそうな状態である。

空に浮かぶは上弦の月。いつものように縁側でともに夕飯を済ませ、食後のおやつをつまんでいた。隣で練りきりを頬張る大狼は、リビングからの明かりを受けて煌めき、目にも鮮やかだ。

湊がまじまじと見つめ、首を捻《ひね》る。

「山神さん最近、存在感増してないか」

「うむ。お主のおかげよ」

胸を張るその御身は今や透けたところなどどこにもない。最初の頃、頻繁に濃くなったり、薄くなったりしていたというのに。湊のおかげというのならば、心当たりは一つしかない。

「飯いっぱい食ってるから？」

返事がない。甘味をこよなく愛する大狼は、練りきりを堪能《たんのう》するのに忙しそうだ。大きな体躯にしては小さすぎる甘味を、一つずつ、一つずつ丁寧に口へと運び、噛みしめて食べる。その顔ときたら堪《たま》らなく幸せそうで。見ているだけで微笑《ほほえ》ましく、ほっこりと和む。毎回、神の威厳とやらは、空の彼方《かなた》へと飛んでいってしまうけれども。

湊は長年、動物を飼いたくても、家業が忙しく、夢叶わなかった。よもやここに来て、傍に動物に近しいモノがいる生活を送れることになるとは、と内心かなり喜んでいる。

十二分に練りきりを味わい尽くした山神は、湊に視線を向ける。

「それは些細《ささい》なもの。お主が我を敬う気持ちゆえよ」

深く感謝の心が込められた落ち着いた声色。己の分を隣の皿へと移していた湊の動きが止まった。増えた練りきりを前に尻尾が振り回され、純白の体躯がますます金色《こんじき》の光を放つ。背後の電灯よりも明るい。

「ただ、それだけで？」

「それだけ、でな。我の力はそれに左右される」

「もっと早く言えばよかったのに」

「うむ。厚かましいかと思ってな」

「すげえ、今さらでしょ」

たらふく食っちゃ寝しておきながら何を言わんや。山神から頻繁に山の幸を頂くが、結局ほとんど山神の腹に収まっている。そこは気にせず、己を敬えと言うのは気が引けるらしい。いまいちよくわからない存在だ、神様というモノは。

全く遠慮のない山神とはいえ、楽しく会話して食事を摂れるのは、大変ありがたい。湊は近所付き合いが密な地域で生まれ、常に人に囲まれて生活してきた。賑《にぎ》やかなのが常態だった。そんな湊にとって、広々とした家で一人寂しく食事するのは大層気が滅入《めい》る。

ここは一つ、聞いたからにはやらねばなるまい。

正座して、咳払《せきばら》いを一つ。眼前の山神に向かい、手を合わせた。

「山神さま。いつも一緒にご飯食べてくれて、ありがとうございます。とても感謝しています」

「うむ。なあに、そのような畏《かしこ》まった言葉遣いでなくとも、よいよい」

「最近敬語使ってなかったたな、と思って」

「言葉遣いなど気にせずともよい。大事なのは気持ちだ。いくら丁寧な言葉遣いであろうと礼儀正しかろうと、そこに敬う心がなければなんら意味はない。我の力にはならぬ」

「へえ。じゃあ、今は？」

「うむ、わからぬか？」

大狼の体が一段と輝きが増し、後光まで差し始めたではないか。

これぞ、まさに神の威光。

おおっ、と湊がまばゆさに瞳を眇《すが》め、弾んだ声をあげて拍手した。

「いかにも神様～って感じするな！」

「当然であろう。我、山神ぞ」

ふんぞり返る電飾もかくやの御身は、実に偉そうだが、すこぶる似合う。拝む度に光が増すのが、面白くて、楽しくて、敬う気持ちを込めまくって拝み倒した。

結果。

「あの～すみません。眩しすぎるんだけど。ちょっと抑えてくれませんかね」

目が痛い。天に輝く太陽にも負けない発光体と化した山神だった。その後、妙に身体の怠さを感じた湊は、早々に就寝する羽目になった。

第3章

庭の改装は劇的に

なんということでしょう。

カーテンを開けると、そこには風光明媚《ふうこうめいび》な日本庭園が広がっていました。

「なっ、は……？」

寝ぼけ眼《まなこ》をかっぴらく。強制おめざを食らった視界へと飛び込んできたのは、なんと言っても池だ。昨日まで空だったコンクリート敷きの窪みに、並々と水が張られていた。庭の三分の一に当たる面積を占める水鏡と化し、緑の木々を映している。変化は池だけではなく、所々に芝生が生え、壁沿いには落葉樹まで植栽されていた。

煌めく朝日を反射する水面に架かる石造りの太鼓橋中央、山神が佇んでいる。一面ほぼ緑色の中で白い狼はよく映えた。

窓を開けて縁側を下り、外履きを履く。鳥のさえずりが響く中、朝の澄んだ気配が漂う石畳の小《こ》径《みち》を歩き、山神のもとへと向かう。

にたりと口角を上げ、得意気に迎えらえた。

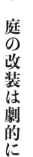

「どうだ」

「こんなことできるんだ」

「我、山神ぞ」

後ろにひっくり返りそうなほど胸を反らす。その隣に並び水面を覗く。乗り出した己の顔を映す水の下には、白い玉砂利が隙間なく敷かれていた。水深一メートルほどだが、随分近く浅く感じられ、生き物の影は見えない。

池に水を満たすのみならず、植栽、砂利敷きまで行ってしまうとは。げに恐ろしき、神の力。家の持ち主から庭はお好きにどうぞ、と許可をもらっているため、問題はない。何より、ここまで立派な庭園にしてもらえば、文句などつけようもないだろう。

偉そうな山神の体から風が放たれた。走る風に水面が波打ち、水鏡が消えゆく。それを見つめ、湊が感嘆の息をついた。

「すっげえ」

「そうだろう、そうだろう」

「綺麗な水だなー」

「山から引いてきた」

「とんでもねえ」

視線をそのまま横へとスライドさせる。

「で、力使いすぎてそんな小さくなってんの」

「……左様」

現在、山神、中型犬サイズ。顔が膝辺りまでしかない。見上げられるのは新鮮だが、なんとなく屈《かが》んでしまう。いくら気さくに接してくれるとはいえ、相手はやはり神様。見下ろすなぞ、あまりに恐れ多い。しゃがんでも己の頭《ず》が高いのはどうしようもない。

神々しさは変わらない眼前の狼をしげしげと眺めた。

「しかしまあ、随分と可愛《かわい》くなっちゃって」

「なあに、すぐ戻る」

「そうなんだ」

「頼むぞ」

「俺かよ」

湊のあげる愉快げな笑い声が生まれ変わった庭に木霊する。驚いた雀《すずめ》たちが、一斉に芝生から飛び立っていった。

○

買い物から戻った湊が表門の表札の下に、青葉に乗った丸い種を見つけた。久しくなかった珍事である。山神が最初にくれた薬草類の時以来だ。

不意に湊は思い出す。今し方田んぼの畦道《あぜみち》を歩いている最中、やけにカニだの、亀だの甲羅持ちの生き物たちと行き合ったことを。皆、道端に佇み、湊を見上げていた。どこか物言いたげに感じられたのは、気のせいだったのだろうか。

不思議に思いながら、親指の爪ほどの黒い種を拾い上げた。

「これって山神さんからじゃ、」

「違うぞ」

「あ、やっぱり？」

ぬっと格子戸と門柱の隙間からわずかに鼻を出す山神は、既に元の巨躯に戻っている。山神は自由に敷地内外を闊歩《かっぽ》する。野生の狼が存在したのは遥《はる》か昔の話だ。いくら近隣に人目はなかろうと、よろしくないだろう。それとなく進言したところ、湊にだけしか視えないから問題ないと一蹴された。

「じゃあ、これは誰から」

「うむ、悪いやつではない。ここに厄介になりたいようだ」

「庭に？」

「池に住みたいらしい」

「へえ。いいんだ？」

「許可するのは我ではない。ここはお主のもの」

「や、俺も仮だし。庭はほとんど山神さんの物のような気がするけど」

山に程近いここは、山神の所有物だろう。家なりなんなり建造物等を建て、我が土地だと主張するのは人間の勝手な言い分に過ぎない。神にそんな人間本位の理屈が通用するはずはない。

ゆえに己の好き勝手に庭をいじるのかと。家の中には入ってこないのは気を使ってくれているのかと。そう思っていた。

「ま、俺は構わないけど」

「らしいぞ」

山神の視線を追う。斜め後ろに、陽炎《かげろう》のごとく儚《はかな》い小さな白いモノがいた。地を這うその姿が、ぼんやりと見えた。

「亀？」

「うむ」

直径十センチに満たない亀が首を伸ばし、湊を見上げていた。

「お主に助けられたと言っておる」

「えっ、記憶にございません！　人違いでは!?」

亀を助けた男の末路といえば。反射で有名な昔話が脳裏を過り、身構えてしまう。

「罪な男よな」と山神が愉快げに巨躯を揺すって笑った。

水飛沫《みずしぶき》を飛ばし、亀が池へと飛び込む。澄んだ水中を四肢で掻《か》き、心地よさそうに泳ぎ回る。お気に召したようだ。

亀曰《いわ》く。先日商店街で怨霊に取り込まれていたのを湊が祓い、助けたという。メモ帳から買い物メモ全消えの憂き目に遭った時のことだ。それを聞かされた湊は、あの時、かなり頭にきて、見知らぬ通行人に愚痴ってしまったのを思い出す。あまりの羞恥に頭を石灯籠に叩きつけたくなった。

プカプカと水面に顔を出す亀をしばらく見守っていれば心が静まった。岩に乗せていた足を下ろし、庭を見渡す。

「もらった種、どこに植えよう」

「それは相当大きくなるぞ」

「じゃあ、山神さん決めて」

迷うことなく庭のほぼ中央へと向かう白い後ろ姿についていく。

「ここだ」

前足で叩いて示された箇所は、まるで誂《あつら》えたように広い土面だった。前足で掘ってくれた穴に種を入れ、土を被せていく。

「ところで、これなんの種？」

「植える前に気にするものであろう」

「すみません」

「木だ。なんの木かは、育ってからの楽しみにしておれ」

「そうする」

植えた場所へじょうろで水を撒《ま》く湊の背後、御池《おいけ》から楽しげに水飛沫が散った。

普段、山神は酒より甘味を好む。夕飯後、久々に日本酒が呑みたいと仰せなので、家の中から一升瓶を持ち、出てきた途端、大気が揺れた。御池の方から強い視線を感じる。

さも愉快とばかりに笑った山神が、甘酒饅頭《まんじゅう》に噛みつく。湊が淡く光を放つ御池へと顔を向けた。

「酒、呑む？」

瞬く間に水中から飛び出し、亀が這ってくる。亀にあるまじきその速度。たとえ兎《うさぎ》と競争したとしても、決して遅れはとるまい。縁側下から伸ばされた顔の眼が爛々《らんらん》と光った。

亀は日に日に存在感が増していき、湊にもはっきりと見えるようになった。全体的に黄みの強い真珠の光沢。山のように尖《とが》った特徴的な甲羅。通常の亀とは異なる姿だった。

縁側へと上がってきたその体は濡《ぬ》れていない。そんな様を見るたび、相手は神様なのだと強く思う。浅皿に酒を入れると、飛びつく勢いでかじりつき、一心不乱に呑み出した。かなりの酒好きらしい。夕飯に誘った時は酒がなかったから断ったのだろう。

「今度からちゃんと用意するよ」

体から光を放ち、喜びを伝えてきた。

○

亀も存在を確固たるものにした梅雨も間近に控えた頃。庭の小径に舞い散る落ち葉を、湊が竹《たけ》箒《ぼうき》で掃いていた。

「庭はいつも温度変わらないよな。妙に空気も清々しいような気もするし……」

何より不快な虫一匹すらいない。

静かな空間に落ち葉のかさつく音、竹箒と石畳が擦れる音が辺りに響く。日々温度も湿度も上がっていく世間。対して、いつでも変わらぬ快適な温度を保つ楠木邸の庭。外から帰ってくれば、より顕著に空気の違いを肌で感じる。

表門をくぐった瞬間、空気が変わる。温かくて、柔らかくて、されど身が引き締まる清廉な空気に身を包まれる。

縁側で寝転ぶ大狼と大岩で甲羅干しに勤しむ亀は、何も言わない。ただ、のんびりと思い思いに過ごすだけ。個体数は増えても、至って静かで平和な時間が流れていく。


そんな楠木邸の表門前に立ち尽くす男が一人。

やや草臥《くたび》れた黒スーツで長身を包み、家を見上げるその顔は青白く隈《くま》が目立つ。健康的とは到底言い難《がた》い様相の男は、驚愕《きょうがく》覚めやらぬ様子で呟く。

「……ここは、神域か……？」

震える声を漏らし、眼鏡のつるを押し上げた。

◯

緑鮮やかな日本庭園を前にして、萎《しお》れた青年と湊が縁側に腰掛けている。湊より少し歳上《としうえ》だろう。姿勢はいいが、若干スーツがよれている。目鼻立ちの整った顔には黒々とした隈が居座り、顔色も悪い。さながら仕事に疲れ果てたサラリーマンといった風情である。初対面時とのあまりの変貌ぶりに、その横顔を怪訝《けげん》に窺う湊は血色もよく健康そのものだ。

対照的な青年たちの背後から、横たわる山神が面白そうに眺めていた。

玄関チャイムが鳴り、出てみれば表門前に幽鬼のごとく佇む何者かがいた。湊は戦慄しながらも、いつぞや商店街で行き合った男だと思い当たった。すぐさま見るからに歳上の相手に畏まり「あの時は馴《な》れ馴《な》れしくて申し訳ありませんでした」「いえいえ」という紋切り型の謝罪と挨拶を済ませた。そして庭へと案内すれば、雅《みやび》な庭園を見て男は足を止めてしまう。一体何にそれほど驚いているのか理解しかねた。声をかけ続け、ようやく腰掛けさせて、今に至る。

二人の間に置かれたお盆の上、水滴を纏《まと》うグラス内の氷が、カランと涼やかな音を立てた。

男は、播磨才賀《はりまさいが》と名乗った。

そこそこ長い時間、庭を眺め、一度深呼吸した播磨が湊に向き直る。心なしか生気が戻ったような気がする。

そうだろう、そうだろう。うちの美しい庭を前にいつまでも陰気くさい顔などしておられまいて、と湊は胸中で深く納得する。だがしかし、何を言われるのかとわずかに身構えた。

「俺は陰陽師なんだが」

単刀直入な御仁である。真剣な顔で何を言い出すかと思えば、今やファンタジー職業である陰陽師とは。

背後に山の神、前方の池に神々しい亀。実家には多数の人ならざるモノたち。昔から不思議なモノたちと接してきた湊にとって、この程度のことで驚きはしない。

顔色一つ変えず、視線で先を促した。

「先日、怨霊を祓ったのは君の力だろう」

「……らしいですね」

自覚もなく視たことすらなく、何一つとして実感はないが、誤魔化したところで意味はないだろう。男は視えていたからこそ、わざわざここまでやってきたのだから。

湊はまるっきり他人事《ひとごと》のような態度だ。その様子に播磨は、口許《くちもと》を引き結び、形容し難い顔をした。やるせない何かを飲み込んだように。次いで苦々しげに渋面を作る。

「近頃厄介な怨霊が多過ぎるせいで、我々陰陽師の手が足りていないんだ。元々、祓える者が少ないというのもあるんだが」

「そう、なんですね」

「あの時君は、怨霊が視えていないようだったが綺麗に祓っていた。心当たりは？」

「はあ、どうも俺が書いた文字が祓ってるみたいですけど」

「その護符を売ってもらえないだろうか」

「ごふ？」

咄嗟に理解できず、オウム返しをしてしまうと、背後から忍び笑いが聞こえた。

「護符とはいい得て妙よ。お主の字が書かれた紙がほしいらしいぞ」

山神が親切に教えてくれる。〝護符〟なる単語を日常生活で使わないため、すぐには解《げ》せなかった。

湊には当たり前のように視えて聴こえている山神の言動だが、播磨は視えても聴こえてもいないようだ。少しだけ背後を気にするそぶりをみせただけだった。湊以外には視えないと言っていたのは本当だったのかと、山神への信仰心が地味に上がっていた。

播磨が上着の内側へと手を入れ、分厚い財布を取り出す。

「言い値で買おう」

「ただの買い物メモを？」

「か、買い物メモ？」

つい本当のことを言ってしまう。播磨が顔をひきつらせた。

いい臨時収入になるかもと一瞬浮き足立ったが、大した金額になりそうにないと秒速で冷静になる。元がメモ紙、ただ文字をつらつら書いただけ。インク代も知れたもの。さほど元手もかかっておらず、労力も使わず、ぼったくるなぞできようはずもない。良心が痛む。

「一枚、一円にもならないような気が……」

「かいもの、メモ……？」

播磨はどこかへと意識が飛んでいるようだ。額に手を当てて俯《うつむ》き「嘘《うそ》だろう、なんで……」というわ言のように呟く。

陰陽師なるものにどうすればなれるのか知る由もないが、修行なりなんなり努力、苦労もあるに違いない。なんの努力もなしに、文字を書いただけで祓える湊に対して思うことがあるのだろう。どうにもできない問題だ。せめて己を頼ってきたのならば、力になってやりたいとは思う。

「いや、待てよ。気持ち次第なら思いを込めれば、強い紙になって価値が上がったりするとか？」

もらえる物はもらっておこう精神は譲れないけれども。

「気合いを入れて綴《つづ》ってやればよい」

愉快げに山神が口を挟んだ。

そういえばと不意に気づく。出かけるのは買い物時のみ、山神というありがたい話し相手もできて、暇潰しに字を書くこともなくなったことに。

「よし、久々に頑張って書きますかね」

快活な声が上がる中、播磨がようやくグラスへと手を伸ばした。

湊がポケットからメモ帳を引っ張り出し、書き綴《か つづ》っていく。走り書きではなく、一言一句、丁寧に心を込めて。

「黒糖饅頭《まんじゅう》、栗《くり》饅頭、今川焼き、草団子、桜餅」

山神がつらつらと上げ連ねていく好物を。

「こし餡《あん》派、と」

呟きながらペンを走らせるのを横目で見ていた播磨が、茶を庭へと向けて噴水並みに噴き出した。驚いた湊が顔を上げる。

「……大丈夫ですか」

無言で頷《うなず》き、播磨はハンカチで口許を押さえた。

書けば書くほど、メモ紙から翡翠《ひすい》色の光が放たれる。ただの文字。なんの修行も、鍛練もしていない一般人が書いた和菓子名入りのメモ紙が、だ。

凄腕《すごうで》の陰陽師が呪を込めに込めて書いた文字や図でも、ここまでの威力はない。

播磨のハンカチで隠れた口から、乾いた笑いが漏れた。

「そこまでにせよ」

「あ、うん。あれ、なんだろ……？」

山神の制止がかかった途端、強い眠気を感じ、手を止める。以前、山神に祈りを捧《ささ》げた後、奇妙な疲れを感じた時と同じ感覚だった。

結局、五枚しか書けなかった。身体全体が重怠く、これ以上は書けそうもない。決まり悪そうな湊が後首を掻く。

「……たったこれだけですけど」

「いや、十分だ」

なるべく丁寧にメモ紙を剝がして渡せば、両手で恭しく受け取られる。まるで宝物を扱うかのごとき丁寧さで、財布の中へと仕舞われる。妙にくすぐったい気持ちになった。湊にしてみれば、た

黒糖饅頭
栗饅頭
今川焼き
草団子

だのメモ書きに過ぎないのだ。

そうして引き替えに、万札の薄い束が出てきた。目の前に差し出されたその厚みは、確実に十枚以上はあるだろう。予想以上の金額に目を剝《む》く。

「嘘だろ」

思わず、素が出た。焦ったり、驚いたり、憤ったりするといとも簡単に敬語が外れる。気を抜くと瞼《まぶた》が落ちかねない眠気まで一気にふっ飛んだ。よもや少し丁寧に書いただけの安物メモ紙が、ここまで価値がある物と見なされるとは思いもよらなかった。まじまじと陰陽師の顔を見つめる。極めて真剣な顔つきで、からかう気など微塵もなさそうだ。

播磨が早くしろ、とばかりに札束を突き出してきた。両手を胸の前にかざし、激しく首を振る。全力で拒否の構えである。

「いやいや。そんな大金、受け取れないって。いくらなんでも多過ぎる。見てただろ、ただ何気なく書いただけだって。それにこのメモ帳もすっげえやっすいやつだからね。三冊セットで百円程度のお買い得品。ちょっと調子に乗って一枚三百円くらいになればいいな、ぐらいの気持ちだったんだけど！」

「相応だ。いやこれでも少ないだろう。すまない、これほどのものだとは思っていなくて。今は持ち合わせがこれだけしかないんだ。後日改めて、」

「何言ってんの!?」

「とりあえず、今日はこれだけでも受け取ってくれ」

頑として引かず、厳しい面持ちで押しつけてくる。

この陰陽師、やけに押しが強い。

「受け取れ」

「無理」

「いいから」

「もらえるか！」

しばし攻防を続けていれば、背後から盛大なるため息がつかれた。

「受け取っておけ、その男は引かぬ」

山神からの口添えもあり「もう十分です。これ以上いらない。持ってきても受け取りませんよ」と言いながら、もらっておくことにした。だが。

「さすがに申し訳なさすぎる。ちょっと待っててください」

「……ああ」

いったん家の中へと入り、ペンを取ってきた。「手を貸してください」といえば、素直に片手を出してくる。

「あんまり効果は変わらんらしいけど、これで」

きゅきゅっと手の甲に油性ペンで図を描き上げた。

「陰陽師といえば、やっぱり五芒星《ごぼうせい》でしょ。思いを込めまくって書いたんで、どうですかね」

手の甲に星印、晴明桔梗《せいめいききょう》紋がくっきりと刻まれた。ちょっとやそっとでは消えそうにない頑固な油性インク製。湊には視えていないが、翡翠色の光を放つ強力な祓う力が込められている。

半開きの口で茫然《ぼうぜん》となった播磨に反して、湊は満足げに笑い「やべえ、すんげえねみい」と油性ペンを持ったまま緩慢に目許《めもと》をこすった。


どこか黄昏《たそがれ》た風情の陰陽師が去り、急激な睡魔に襲われた湊は、縁側でうたた寝をしてしまっていた。

ふと目を覚ますと、亀に真横から顔を覗《のぞ》き込まれている。

「うおっ」

思わず仰《の》け反《ぞ》った。辺りはもう夕暮れも近く、幾重にも色を変えた空が広がっていた。随分長い時間、寝ていたようだ。

起き上がると、亀が期待のこもる眼を寄越してくる。時間も時間だ、酒の催促だろうか。それとも他に何か言いたいことがあるのか。亀は言葉も鳴き声も発しない。山神が代弁してくれない時は、首を振ることで返答と意思を伝えてくれる。

「どうかした?」

亀が庭へと首を長く伸ばす。何事かとよくよく観察すれば、見慣れないひょろりと細い木が一本あった。

「あれって、この前植えた種のやつ?」

縁側を下り、小径を渡って若木へと近づく。昨日まで芽も出ていなかったはずが、今や湊の目線の高さまで急成長していた。青々とした若葉が繁《しげ》ってはいるが、これは果たしてどうなのか。

「もうこんなに……神様の力のおかげか。すげえとは思うけど、こんな急激に伸びて栄養は足りてるのか」

足元の亀が細い幹を労《ねぎら》うように優しく撫《な》でた。

新たなお仲間、神木クスノキ。それを前に「とりあえず、水！　水あげよ」と一人と一匹が慌てふためく。縁側で寝起きの山神が、大欠伸《あくび》をしながら眺めていた。

○

連日降り続けていた雨は、小休止に入ったようだ。

入梅を迎え、長々と空に居座っていた雨雲がようやくどこかへと去っていき、待ちに待った晴れの日。湊は朝から縁側の片隅で洗濯物を干していた。

パンッとタオルが空気を切る音が庭に響く。

「やっぱり洗濯物は外に干すのがいいよな。乾燥機はありがたいけど」

傍らの竿《さお》にかけたシーツが風を孕《はら》み、大きく膨らむ。幾分日差しが弱く心許ないが、極力太陽光と自然の風で乾かしたい。束の間の晴れ間を嬉しく思う気持ちはあれど、晴れた空に反して、湊の顔は曇りがちであった。

物憂げにタオルを叩き、皺を伸ばす。

「山神さん、どうしたんだろ……」

梅雨入りと時同じくして、山神は訪れなくなった。

なんの前触れもなく、突然ぱったりと姿を現さなくなった。前日まで変わりなく、仲よく食卓を囲んでいたというのに。己が何か粗相してしまったのかと随分気にやんだが、心当たりは一切なく、いい加減悩むのはやめにした。

その間、亀がずっと傍にいてくれたおかげで慰められた。労いの気持ちを込めて山型甲羅をブラシで磨いてやれば、いたく喜んでもらえた。そんな風にのんびり過ごす一人と一匹だったが、やはり存在感の際立つ大狼が急にいなくなったのは、妙に寂しく心配でもあった。日々、山へ向けて山神の無事を祈願している。

「……元気に過ごしていてくれれば、いいけど」

ちゃぷん。池から水面を叩く音。振り返ると、裏門から白い巨躯が粛々と歩み寄ってくるのが見えた。至ってしっかりとした足取り、毛の輝き。なんら変わらぬその姿に「山神さん！」と湊が弾んだ声をあげる。

「久しぶり。元気そうで、よかっ……!?」

なんと山神、子連れであった。

目を見張りあんぐりと口を開けた湊の手から、ぼとっとシャツが落ちる。

驚愕する湊のもとへと大狼が向かっていく。その後ろに三匹の白い獣たちが付き従う。うっすらと発光したその体は通常の動物ではないと主張し、山神と同種のモノなのは明らかだった。

思いもよらぬ光景に、湊が狼狽《うろた》える。

「え、え？　まさか産んだ？　出産のために来られなかった？　山神さんは女神様、だった!?　いや、でも、声がおっさん、」

「おっさんなんて失礼ですよ！」

「せめて、おじさまと言ってくれ！」

「ジジイ言うな！」

「いや、そこまではっきり言ってない。ん？　狼じゃなくて、鼬《イタチ》？」

一様に後ろ足で立ち上がり、幼く甲高い声で抗議してきた。全体的に白い毛で覆われた細長い体躯、短い四肢、太い尻尾。尾の先端が朱、青、黄色とそこだけ色違いだ。山神と比較すれば小柄だと感じるが成猫ほどの大きさはあり、それなりに大きい。ハキハキと話す口調、俊敏な動作から、赤子ではないのかもしれない。

山神御一行が縁側に上がる。早速大狼が定位置である中央に、大儀そうに寝そべる。動作が前以上にゆったりとし、随分お疲れのようだ。

大きな息をつき、ふっさりとした尻尾を振った。

「こやつらは、テンだ。我が眷属《けんぞく》よ」

「眷属って子供？　で、産んだの、産んでもらったの」

「そうさな、産んだようなものだ。我は一柱だけで子と言える分身を創り出せる。ちと時間はかかったが」

「そっか、お疲れ様でした。みんなよろしく、菓子食う？」

山神の傍らに並んで控える三匹が訝《いぶか》しげに同じ方向へと小首を傾げた。動作が大変愛らしく、狼とはまた違った魅力があるな、と湊の表情も緩む。

「あ、食べたことないのか。山神さん、あげてもいい？」

「うむ、問題ない。無論、我にも」

「はいよ」

山神がいつ訪れるかわからず、生菓子の買い置きはない。日持ちのする焼き菓子しかないが仕方あるまい。特急で残りの洗濯物を干し終え、カステラを切り分けて振る舞えば、山神は何も言わないが、やや不満そうだ。視線で詫《わ》びると、苦しゅうないとばかりに鷹揚《おうよう》に頷かれた。

大狼が口をつけた後、三匹のテンが顔を見合せ、前足で持ったカステラの匂いをくまなく嗅ぐ。躊躇いながら揃《そろ》ってかじりついた。くわっと見開かれる黒い眼。キラキラと星が散るようだ。お気に召していただけたらしい。予想通り山神の眷属は、甘党のようで夢中で食らいつく。

「いっぱいあるから好きなだけ……や、足りるか……？」

一切れ、ものの数秒しかもたなかった。三対の期待の眼差《まなざ》しに冷や汗をかく。なくなった時はクッキーをあげようと思い、三匹にそれぞれカステラを渡していく。

「やあ、それ旨《うま》そうだねえ」

「ねえ、アタシたちにもくれないかい」

突如、斜め上から声が降ってきた。肩を跳ねさせた湊が振り仰ぐと、そこには屋根から逆さまに顔を出した二人の小鬼の姿。一本角が生えた額。赤と青の鮮やかな肌色。到底人ではあり得ない異形たちだった。

ぎょっとして山神を見るも、我関せず、双眸《そうぼう》を閉じて甘味を堪能中。池を見れば、亀は岩の上で甲羅干しの真っ最中、久々のお日様を存分に満喫しているご様子。二柱の気にもしていない様子から、小鬼たちは悪いモノではないと胸を撫《な》で下《お》ろした。

ぐるぐると首を巡らせて焦る湊を、愉快げに眺めていた赤鬼と青鬼がくるりと反転。宙に胡座《あぐら》を搔いて浮かぶ。人間の三歳児程度の幼児に似た姿。対の存在であろう、ほぼ同じ容姿。上半身裸、腰布だけの心許なさがやや気になる。見かけによらず、落ち着いた大人の涼やかな男性声をしていた。

にかっと赤鬼が屈託なく笑う。

「く～ださいな～」

「はあ、どうぞ」

「お邪魔するよ」

青鬼が快活に笑い、ともに音もなく縁側に舞い下りた。皆で車座になる。カステラを食《は》む眷属たちが、興味深そうに新たな客たちを眺めている。

小鬼たちにカステラと煎茶を振る舞い、テンたちにも煎茶を出せば、グラスを持ち上げ、ゴ、ゴ、ゴといい飲みっぷり。ぷはあと息継ぐ彼らは実に自由である。ご満悦で甘味を食す親とも言える山神と中身はそっくりだ。小鬼たちも嬉しげにカステラを口へと運ぶ。

車座の一角を占める巨躯、大狼が対面を見やる。

「久しいな、風神《ふうじん》、雷神《らいじん》よ」

「ほんと、ひさしぶり。図太く生き残っていたみたいね」

「随分弱ってたから、もう駄目かと思ってたよ」

「ほざけ。そう易々《やすやす》とくたばる我ではないわ」

「知り合いだったんだ。風神、雷神って、あの有名な？」

思わず口を挟んだ湊に、ばちんとウインクを寄越す、赤鬼――雷神。

横の青鬼――風神が、ころころと楽しげに笑う。

「有名か」

人差し指を風にそよぐ洗濯物へと向けると、指先から風が放たれた。暖かなつむじ風が一直線に走り、洗濯物を取り巻くように包んだ。ほんの数秒後。

「乾いたよ」

「おお！」

湊が感嘆の声をあげ、驚く。笑顔の風神が皿を差し出してきた。その上にカステラを載せながら、神様に遠慮の二文字は存在しないんだな、とつくづく思う。

風神がカステラにフォークを突き刺す。

「ここら辺りが住みやすくなったって聞いたから、久しぶりに来てみたんだ」

「誰に聞いた」

「そんなに睨《にら》まないでくれよ、そのおっかない神気も出さないで。風の便りだよ。僕が何者か知ってるでしょう」

山神が剣呑《けんのん》な気配を放つも、風神はどこ吹く風と飄々《ひょうひょう》とかわした。

「すっごく居心地よくなったわね～」

含み笑いの雷神が、意味深に湊へと流し目を送る。とりあえず愛想笑いを返し、テンたちにバタークッキーを配った。矯《た》めつ眇《すが》めつ、三匹一斉にパクリ。ブワッと全身の毛が逆立ち、尻尾が倍に膨らんだ。

狼とは違うものだな、と湊が感心する間も、やめられない、止まらない。カステラの時より、反応がより顕著だ。無我夢中で頬張る姿から、眷属たちは洋菓子の方が好きなのだろう。

ちなみに山神は、口内の水分すべて持っていかれる系は大の苦手である。最初の頃、喉に詰まらせ、大騒ぎになったのは苦い思い出だ。

いつの間にか、亀がのったり縁側へと這《は》い上《あ》がってきていた。昼間から酒を所望するのは珍しいが、賑やかな空気に当てられたのだろう。

家の中から有名酒蔵産日本酒を持ってくれば、小鬼たちの顔つきと気配が変わった。二対の鋭い視線を注がれる一升瓶を掲げるように持つ。

「いっときます?」

「すまないねえ」

「ありがとね〜」

見目は幼児が慣れた手つきで杯をかっ食らう絵面は、やや受け入れがたい。が、相手は神様だ。問題ないと己に言い聞かせ、亀の前の浅皿にも、並々と注いだ。

誰も彼も遠慮なく飲み食いし、次々と酒と菓子類が消費されていく。陽気な笑い声が途切れることなく庭に響き、賑やかな時間が過ぎていった。


宴《えん》もたけなわ。手を振る雷神と風神が夕焼け空へと高く舞い上がった。

「じゃ、まったねえ」

「お邪魔さま。美味しかったよ」

地上から湊と山神が見上げて見送る。

「はい、お粗末さまでした」

「うむ。ではな」

不意に空中で停止した風神が下方へと向けて指を弾くと、湊の全身を温かい風の繭《まゆ》が包んだ。一瞬、髪と上着の裾がふわりとはためき、湊が戸惑う。にこやかに笑う風神が手を振った。

「お礼にちょっとだけ僕の力を貸してあげるよ。じゃあね」

「頑張って使いこなすのよ〜」

ささやかな置き土産を残し、ほろ酔いの風神と雷神は、山の向こうへと飛んでいった。

傍らに座っていた山神が、じっと見つめてくるのを見返す。

「力？」

「風の力だ」

「どうすれば」

「想像するんだ。風を出すところを」

足元に落ちていた一枚の枯れ葉に向け、己から風を放つ様をイメージしてみた。

出ない。

しばし逡巡《しゅんじゅん》し、風神の仕草を思い出す。今度は人差し指を向け、指先から放たれるつむじ風を脳裏に思い描いた。程なくして微風《そよかぜ》が放たれ、枯れ葉が数センチ滑るように動く。小石に当たって止まった。

「おおっ」

たったそれだけのかすかな風力でも拳を握り、表情が輝く。

「すっげえ！　ほんとに風出てる」

「うむ。精進せねばな」

「この力、落ち葉集める時に役立つかな」

「どう、であろうな……」

新たな異能を手に入れ、真っ先に浮かぶのが落ち葉集めとは。

ちまちま落ち葉を動かして喜ぶ様を、山神が生ぬるく見守った。そんな一人と一柱を、湊の背丈ほど成長したクスノキが、風と戯れながら見守る。
その間縁側では、テン三匹と亀が膨れた腹をさらし、幸せそうに寝ていた。

第4章　本領発揮

ダイニングにて。

テーブルに広げた家計簿を前にして、湊が頭を抱えていた。その力なく曲がった背中が悩みの深刻さを物語る。

「金がなあ……」

家計は逼迫《ひっぱく》している。まさに火の車。なんとも由々しき事態に陥っていた。

他県のとある山間の温泉郷にある実家近辺は、近所付き合いが濃厚な地域である。いつの間にか家の中で隣家の者が寛《くつろ》いでいたり、湊も他家の一家団欒《だんらん》の夕食に参加していたり。近隣の年の近しい者は、まとめて育てられ、至って仲もいい。

地域ぐるみで仲のいい場所で育ってきた湊にとって、まるで馴染みのない土地、近所に知り合い皆無の現状況は正直辛《つら》い。けれども庭にさえ行けば、とても安心できた。

大抵、縁側で大狼が揺るぎなくどっしりと構えている。さすが本体は、山。安心感が半端ないといつも思う。さらに、いかにも御利益がありそうな亀が、御池でのんびり過ごしているのもいい。見ているだけで、心が安らぐ。

何より山神とその眷属たちとは、会話までできるのだから。山神たちがいてくれるのは素直に嬉しい。

だが、金がかかる。

遠慮を知らない神々は思う様、好物を貪り食ってくれる。しかも、いささかお高めの物を。彼らは安物を出しても決して文句は言わない。しかしながら明らかにテンションがダダ下がり、食の進みも段違いというわかりやすさ。

美味しい、と喜んでもらいたくて、つい高級品の方を買い与えてしまうのは致し方ないことだろう。とはいえ管理人として振り込まれる給金など微々たるものだ。収入もそうない今、貯蓄を切り崩すのは不安でしかない。

如何《いかん》ともし難い。非常に悩ましい。ペン先で家計簿をつつきながら唸る。

「一度実家に帰って稼いで……いや、遠いし。ここから近いとこに働きに……俺、資格とか何も持ってないしな。あー、どーしよ……」

ペンをノート上に投げ出す。組んだ両手の甲に額を乗せ、肺の中が空になるほど重いため息を吐き出した。

庭にて。

縁側の中央に寝転ぶ大狼の耳がピクリと動く。閉じていた瞼がゆっくりと持ち上がり、黄金が徐々に露《あらわ》になっていく。さながら山間から昇る御来光のごとく。その色彩はますます輝きを増し、瞬くたび、金粉が舞うようだ。

力を取り戻した山の神にとって、防音完璧な室内の呟きであろうと、聴き取る程度のことは造作もない。

視線が、池へと流れる。御池にせり出す大岩の上、真珠色の甲羅が陽光を弾き、乱反射した。

にょろりと勢いよく頭部と四肢が飛び出す。

子亀の名は、霊亀《レイキ》。

その正体、は吉祥をもたらす瑞獣《ずいじゅう》、〝四霊《しれい》〟。

四霊の一角を担う霊亀が、やおら立ち上がった。力強く四本足で岩を踏みしめ、蒼天《そうてん》へと向けて首を長く長く伸ばす。

そうして、大口を開いた。

○

カランカラ～ン！　澄んだベルの音が人でごった返す商店街に轟《とどろ》く。

「おめでとうございまーす！　出ました、一等でーす！」

声を張り上げた店員が掲げるのは、福引きクジ。一等の金文字が燦然《さんぜん》と輝く。爆発的などよめきが起こった。箱から引いたクジを店員へと手渡した湊が、ポカンと口を開ける。

「やったな、兄ちゃん！」

後に並んでいた中年男性から景気よく背中をぶっ叩かれ、我に返った。

「え、あ、はい。どうも……？」

振り向き、呆けたまま応える。そうすれば、呵々大笑《かかたいしょう》されて一段強めに叩かれた。地味に痛いが、おかげで現実の出来事だと認識できた。

商店街のくじ引きで、まさかの一等大当たり。

かつて当たったことがあるのは、せいぜい参加賞のポケットティッシュくらい。なんたる幸運か。酒、和菓子を頻繁に購入するため、たまりにたまった引換券を使っての一発目だった。

一等の景品が何かも知らず、差し出された封筒を受け取る。頭に鉢巻きを巻いた法被姿の店員が、にこやかに告げた。

「金券十万円分です」

「じゅ、十万!?」

どもって目を剝く。随分太っ腹な商店街だ。ともあれ、金券とは喜ばしい。皆には申し訳ないが、酒と菓子のランクを落とそうと思っていたところだった。

顔を綻ばせた湊が踵《きびす》を返《かえ》した。

パアンッ！　弾けたクラッカー音とともに沢山の紙吹雪が頭上から降ってくる。驚いた湊が酒屋の出入り口で立ち止まった。

「おめでとうございま～す！　我が丹波酒屋《たんばさかや》創業三百三十三年記念日である本日、三百三十三人目のお客様！」

店の扉をくぐった瞬間だった。狭い店内を埋める笑顔の人々から、拍手を送られ、身の置き場に困る。すかさず扉の脇から店員が進み出てきた。

「いつもご贔屓《ひいき》にありがとうございます。ささっこちらへ」

「はあ」

今一つ状況を理解できぬまま、満面の笑みで促され、店レジ横の丸テーブル前へ。その上には日本酒がぎっしりと置かれていた。

「ささやかなプレゼントですが、どうぞお受け取りください」

「えっ、こんなに」

「はい、三十三本です」

呑兵衛《のんべえ》の父が、なかなか手に入らないと嘆いている有名酒蔵の物もあるな、とぼんやり思う。到底持ち帰りは不可能なため、配送してくれるという。流れるようにサクサク動く店員に煽られ、気がつけば配送用紙に住所を記入し終えていた。

○

いつも通り縁側で夕食会。

山神と湊が差し向かいで座卓を囲む。その傍ら、霊亀が深皿を傾け、日本酒の泉に顔を突っ込んでいる。楽しげな湊が、今日の幸運を報告していた。

「――で、今日、すっげえ運がよかったみたい。とりあえず日本酒一本だけ持って帰ってきたんだ。な、亀さん旨い？」

ずいっと湊へと向け、前頭部で小鉢を押し出す。そこには一雫《しずく》すら残っておらず、聞くまでもなくご満足いただけたようだ。

「残りは明日届くから、楽しみにしてて」

小さな尻尾を揺らす霊亀の小鉢へと豪快に注ぎ、山神のボウルにも同様に注ぐ。

「よかったではないか」

「うん。山神さんの和菓子も、たまたま物産展がやってたから、買ってきた。俺の地元の有名銘菓なんだけど」

「うむ。白餡《しろあん》もよいものよな。しっとりとした食感、大層美味である」

「よかった。眷属たちにも買ってきたから、持っていってよ」

眷属たちは時折訪れる程度で、今日も来ていない。洋菓子好きの彼らの分も、もちろん買ってきていた。

「お主の、」

「あ」

山神が何か言いかけたと同時、座卓上のスマートフォンが着信を告げる。視線で促され、見れば画面に『実家』の文字が表示されている。目礼し、スマホを耳へと当てた。

「はい、あ、母さん。うん、元気だよ。そっちは——」

しばし互いの近況報告が続く。家族はとりわけ変わりがないようだった。心配性な母の質問攻めに辟易《へきえき》しつつ、応えを返し続けた。

「——うん。大丈夫大丈夫、ちゃんとしてるよ。いや腹は出して寝てないって、子供じゃないっての。それに雷様来たから聞いてみたけど『やっだ、アタシがヘソなんか取るわけないじゃない』って言ってたし、あ、や、なんでもない気にしないで。で、用件は？　……えっ!?　……あ、はい。お願いします」

通話を切ったスマホを持つ腕が段々下がり、胡座をかいた片膝に置かれた。茫然《ぼうぜん》と暗くなった画面を眺めている。

尻尾を揺らめかせた山神が「どうした」と首を傾げた。

「……俺がここに来る前応募した懸賞で百万円当たったから、口座に振り込んでおくって」

「ほう」

「ええ、こんな連続で幸運が続くって、あり得なくないか？　いや、実際起こってるけど」

「よいではないか。日頃の行いの賜物《たまもの》であろうよ」

「そうか……な？」

別に何も大したことしてないような、と顎に手をやり、不可解そうに小声で呟く。しかしまあ、これで当分の間、神々に満足してもらえる品々を買えそうだ、と胸中で安堵した。

スマホを卓上に置き、グラスを手に取る。

「でも仕事は探すよ」

「左様か」

呑んだくれている霊亀をどこか愉快げに見ながら、大狼がちろりと酒を舐めた。


そんな会話をした翌日、再び陰陽師の播磨が菓子折り持参で訪れる。湊に護符作成を依頼するためだった。

「よろしくお願いします」

播磨が座卓を挟み、深々と頭を下げた。前回と違い、皺一つないブランド物であろう黒スーツを纏い、血色もよく、髪も綺麗に整えられている。草臥れたところなどどこにもなく、さも仕事できますといった風情。体型に沿うスーツを隙なく着こなし、眼鏡をかけた人には、概ねそんな感想を抱く湊である。

仕事に精を出すのは大いに結構だが、健康を損なうまで闇雲に働くのは如何なものかと、いささか思うところがあった。ひとまず大丈夫そうだ。

さておき、願ってもないチャンス到来である。己の特技らしき能力が活かせるこの仕事、是非とも引き受けねばなるまい。

「お仕事、お受けします」

両手で差し出された菓子箱を笑顔で受け取った。箱の移動に合わせて卓の一角を陣取る山神の強烈な視線も、ともに移動する。剝がれない、決して剝がれない、あっつい視線。箱に穴が空きそうだ。

品のある桜色の包装紙から中身を推測せずとも、山神の反応からして高級和菓子なのは明白。案の定、顔を上げた播磨から「和菓子好きだろう」と皆まで言うなとばかりに、確信を持って告げられた。前回メモに書いたのはすべて和菓子名だったことからか、よほど和菓子好きだと思われているらしい。

山神が、だが。

ちらりと涎《よだれ》の垂れかかった大狼を見やり「ええ、まあ」と澄まして答えた。

実は湊、辛い物好きである。甘い物はそこまで好きでもない。されど山神のためならば、次回からも手土産に期待ができる取引相手に、多少の嘘をつくくらい許されるだろう。

胡散くささに定評がある愛想笑いを浮かべた。

デカデカと和菓子名が書かれたメモ紙を受け取った播磨はすぐに帰っていた。

浮かれた山神に急《せ》かされ、早速、頂いた菓子箱を開ける。ふわりと鼻先を掠める桜の香り。ずらりと並ぶ二枚の桜葉に包まれた艶《つや》めく道明寺《どうみょうじ》生地の桜餅。それを前にした大狼の涎、滝のごとし。

前足前に滝壺《たきつぼ》が生成されている。

できる限り、精一杯の速度で小皿に並べて「お待たせしました」と卓上に置いた。

一つずつ、一つずつ。ゆっくりと。丁寧に口へと含み、幾度も、幾度も、噛みしめ、恍惚《こうこつ》の表情で、うっとりと呟く。

「鼻に抜ける、この、さ、桜の香りが、た、たまらぬ。粒も程よく柔らかく、塩気もよき塩梅《あんばい》。ぬぅ、やりおる。なんと云《い》うても、この舌の上で蕩《とろ》ける、まったり、こし……ぁ、……」

彼方へと旅立っていく。その対面でバリバリと小気味いい音を立て、煎餅を噛《か》み砕《くだ》く湊が握る袋に書かれた文字は『徳用大袋、激辛せんべい』。

「うめえ」

安上がりな男である。その言葉に嘘偽りなく、至極満足げだ。「あっつ。身体熱くなってきた」と薄手の上着を脱ぎTシャツ一枚になる様を、山神が複雑そうな顔で眺める。

「人の好みは千差万別。お主がよいのなら、もう何も云うまいて」

「俺、甘い物はそこまで好きじゃないから。気にしなくていいよ」

桜餅を頑《かたく》なにいらないと固辞したのを気に病んでいるようだ。実際、あまりお菓子にこだわりもなく、毎回不毛なやり取りをしていた。

「ともかく、仕事見つかって安心したよ」

瑞獣に招かれて向こうからやってきたのだが。何も知らぬ湊が嬉しげに笑い、ジンジャーエールを呷る。山神が今度は隠さず、呆《あき》れを滲《にじ》ませて深く嘆息した。

「少しは、己がために使えばよかろう」

「特にほしい物ないし。別にいいよ」

「無欲が過ぎるわ」

「そんなことないって。あ！　そういえばあった、ほしいやつ」

「ほう」

「明日買いに行ってくるよ」

さて、何を求めるのやら。

大狼は最後の桜餅を舌の上で名残惜しげに長く転がし、霊亀は小鉢に盛られた塩を舐めた。


翌日、庭にて湊の感嘆の声があがる。

「さすが新品、ここまで違うとは」

新調した竹箒の使い心地のよさを心から喜ぶ。着古したジャージとサンダル姿の若者を、高価なお供え物を前にした神々は微妙な気持ちで眺めるのだった。

○

リビングの床に置かれた段ボールのガムテープを、湊が勢いよく剝がした。それを縁側に寝そべる山神が眺めやる。

「それは、なんぞ」

「実家から送ってもらったんだ」

一番上に入っていた地元銘菓の箱を、テーブルに置いた。鼻を鳴らした大狼の両眼が弧を描く。

「こし餡か」

「鼻がよろしいことで」

体を起こした大狼が室内に向かい、畏まって座った。その視線の先で、次々と出てくるのは、衣類。来る冬に備え、主に冬服を詰めるよう、母に頼んでいたのだ。最後に靴箱を取り出し、蓋を開けると、中には登山靴が入っていた。靴を掲げて回す。

「ちょっと傷が入っているけど、まだまだ大丈夫でしょ」

数年前、吟味に吟味を重ねて選んだお気に入りの靴だ。踵《かかと》にやや大きな傷はあれど、底は減っておらず、へたってもいない。

不思議そうな山神に笑いかけた。

「登山用だよ。最近運動不足だし、ちょうど山神さん家《ち》もあることだしね」

「我の山は、遊び気分で登れるものではないぞ」

「わかってるって。ちゃんと準備していくよ」

「中腹辺りに祠《ほこら》があるな。その辺りまでならば、さして労せずとも行けるであろう」

「へえ、そんなのあるんだ。じゃあ明日、そこまで登ってみるよ」

「昔は絶えず人が訪れておったが、今では誰も来ぬ。すっかり荒れ果てておるがな」

山神の言葉に湊の動きが止まった。

「……そうなんだ」

何も気にもしていない山神は、菓子箱に幾度も視線を送る。「眷属たちに案内させよう」と言いながらも、雄弁な眼が訴えてくる。どうやら、地元銘菓を早く食べたくて仕方がないらしい。極力急ぎ、段ボールを片付けた。

○

初夏の山中は緑鮮やかだ。

梢《こずえ》の合間から陽光が差し込み、なだらかに流れる渓流が虹色に煌めく。耳に心地いいせせらぎの音。湿った土と木の独特ながらも心落ち着く芳香。湊が新鮮な山の空気を肺いっぱいに吸い込んだ。

眼前には、反射光で光る水面に、苔《こけ》むした飛び石が等間隔に浮かぶ。

キャップのつばを摑んで被り直した。慎重に足を乗せると、石周辺で体を揺らめかせていた魚たちが、流れに逆らって泳いでいく。

「足元に気をつけるのですよ」

「あいよ」

忠告してくれたのは、先に渡った対岸に後ろ足で立つ眷属のテン。しっかり者の最年長セリである。

後ろから、面倒見のいい年長トリカが石を跳んでついてくる。

「この川を渡れば、もうすぐだ」

「わかった」

そしてもう一匹。湊の背負うリュックサックの上、器用に後ろ向きに乗る天衣無縫の末っ子ウツギ。呑気にフィナンシェを食べている。

「うんまい〜」

「しっかり噛んで食えよ。喉に詰まらせないようにな」

詰まらせ、のたうち回った山神の二の舞いはさせたくない。

双眸を眇めたセリが苛立《いらだ》たしげに腕を組む。

「己《おの》が分をいつ食べようと勝手ですけど、そこで食べるなんて、どういう了見ですか」

「ウツギ、下りて己が足で歩け。湊に負担がかかるだろう」

「大丈夫だって、大した重さじゃないし」

年長二匹に窘《たしな》められる末っ子を湊が庇う。

「もお、甘やかして」

セリが仕方なさそうに息をつく。その横へ「よっと」最後の石を踏み越えた湊が降り立った。


湊とテン三匹は、山神から聞かされた山の中腹にある祠へと向かっていた。早朝から迎えに来てくれた彼らと道なき道を進む。

やはり、彼らは獣。到底人が選ばない道を当然のごとく選択してくれる。膝近くまで鬱蒼《うっそう》と草が生い茂る藪、落ちたら怪我《けが》だけではすまないであろう際どい崖っぷち。おかげで、ほとんど気を抜く暇がない。

山神の御神体は、標高千メートルを優に超える高山である。鼻歌交じりにハイキングとはいかないだろうと覚悟していたが、まさかここまでとは。想像以上だった。

実家から登山靴を送ってもらっていた己に称賛を送りたい。スニーカーと登山靴では、足の疲れ具合が大幅に違う。底が固く、がっちりと足首を固定してくれる。頼もしい相棒を帰り着いた際には、心を込めて手入れしようと胸中で誓う。

行く手を阻む枝葉を掻《か》き分《わ》け、強引に身体を捩《ね》じ込む。年季が入り少し傷の目立つ登山靴が、土面を蹴りつけた。

やがて、緑のトンネルの向こうに歩きやすそうな道が見えた。

恐らく昔の人たちが使っていた山道であろう。ほっとしながら雑木林を抜けた。

そして、先を行くセリを追って顔を向ければ、ただでさえ幅の狭い坂道に巨石が散らばっていた。

湊の顔が引きつる。見上げると坂道の上は、木々に覆われた断崖絶壁だった。所々抉《えぐ》れており、色味から随分前に落石したのだろうことが窺える。しかしここのところ晴れの日が続いているため、追撃はない、はずだ。

今さら弱音など吐けるはずもない。身体を斜めに、横にしながら巨岩を回避して登っていく。

「邪魔だよねえ」

「う……ん」

ウツギがリュックの上に立ち上がり、伸び上がって頭上からのんびり声をかけてくる。喘鳴《ぜいめい》を響かせ、登っていく。まだ着かんのか、と若干よろけつつ岩石を大股で跨《また》いで乗り越えると、急に開《ひら》けた箇所に出た。

「こっちですよ」

声の方へと視線をやれば、坂道沿いに佇む小さな祠があった。両側にセリとトリカが立ち、祠をペチペチと叩いて示す。リュックからウツギが飛び下り、二匹のもとへと走っていった。

祠の前にある二段の石段を上がり、近づく。胸辺りの高さほどしかない苔むした石造りの祠だった。倒木が被さり、周囲は雑草だらけ。すっかり山の一部に取り込まれ、辛《かろ》うじて祠と判別できる具合は、人の手が入らなければ当然の結果だろう。

肩を下げ、深い息を吐いたのは疲れからだけではなかった。しかし切ないと感傷的になるのは、人間のみのようで。

「別にこれを綺麗にしなくても、山神は気にしませんよ」

「だな。じかに山神を敬ってくれてるから、意味ないぞ」

「こんなとこにお菓子置くの？　どうせ我らが食べるんだから、直接ちょーだい」

見上げるウツギから、揃えた前足を出され、乾いた笑いが出た。想像以上に朽ち果てた姿に、流れた年月を嫌でも突きつけられた。数年、数十年どころではなく、恐らくもっと永い時間放置されているだろう。

倒木を避けて中を覗くと拳大の丸い石が三つあり、一つは真っ二つに割れていた。

勝手に人間が設置し、勝手に御神体として崇《あが》め奉っていたモノ。

たとえ偶像崇拝であろうと、人々が祠に山神への信仰を向けていたのは、間違いないことだ。ここに、わかりやすく信仰を向けられる祠があるからこそ、ほんのわずかな時間でも立ち止まり、手を合わせ、目を閉じて祈りを捧げた者も多かっただろう。

人からの信仰心が山神の力の源ならば、山神が今日《こんにち》まで存在できたのは、これがあったおかげともいえよう。そんなありがたいモノが今や、ただの苔むした石くれに過ぎない。

御神体として崇めていた大切なモノが歳月を経て、こんな有り様になっているのを知れば、先人たちはどんな気持ちを抱くものなのか。綺麗にしてあげたいと思うのは、ただの自己満足に過ぎない。

だがそれでいい、湊も人間なのだから。

湊は浅く息をついた。

「掃除が終わったら、みんなで飯と菓子食おうな」

はーい、と現金なよい子の揃ったお返事を背中に受け、肩からリュックを下ろした。

一通り磨き上げ、祠は見違えるように綺麗になった。お楽しみの昼飯とおやつも終えた一行は、山を下《くだ》る。

テンに前後を挟まれ、行きと同じ獣道をたどっていく。腕を広げて幹から幹へと伝い、斜面を下りる。一休みしたおかげもあり、軽快に歩を進めていた。

傍らを滑るように歩くウツギが、無邪気に尋ねてくる。

「風、操れるようになった？　ビューッ、くるくる〜って、風神みたいに！」

「少しだけな。髪乾かすのにすげえ便利」

「ええ〜、髪の毛ェ〜？」

「冬場は寒くて無理だろうけど」

やや伸びてきた前髪を引っ張り、朗らかに告げる。テンたちが呆れて、もったいないと口々に喚《わめ》いた。

比較的、斜面がなだらかになり、膝丈の草むらを掻き分けて歩く。キャップを被り直した。

「や、だって使いどころが、ねえ？」

「葉っぱ集めは〜？」

「繊細な操作、すげえ難しい。俺には難易度が高過ぎる」

集めた落ち葉を派手に散らかして以来、もっぱらドライヤー代わりとして使っている。折角いただいた異能だが、いまいち使いこなせておらず、毎日地味に強弱の付け方だけを訓練していた。

他愛ない会話を交わし、渓流沿いに差しかかった頃、頭上から鋭い鳥の鳴き声があがる。枝葉を揺らし、小型の鳥たちが飛び立っていく。

まるで、警告音。

そう感じた直後、渓流沿いで立ち止まった湊の周りにいた三匹の目つきが変わった。その眼差しは鋭く、獰猛《どうもう》。全身から怒気を放つ。

いつもの陽気な彼らの、あまりの変貌ぶりに湊が驚く中、一斉に上流へと向かって駆け出す。転がる石の合間を跳び越え、駆け抜け、大きく曲線を描き、巨大岩の向こう側へ。瞬く間に視界から消えていった。湊も慌てて後を追う。


息を切らし、大岩に片手をついて回り込むと、階段状の滝にせり出す大岩上にぼんやりとした黒い塊があった。

空を覆い尽くす梢にぽっかりと空いた穴から、差し込む一筋の光に照らされている。清廉とした日の光は、黒い塊にはひどく不似合いだと感じられた。岩の上に緑葉が散っている様子から、空から落ちてきたのだろう。その周囲も煤《すす》けたように霞んで見える。最初にあの家に着いた時と同じように。

「み、みなと！」

セリの、切れ切れな、か細い声。声のした方を見れば、大岩から少し離れた場所で、三匹とも口許を押さえ、前屈みになっていた。山の警護を担う彼らは異変を察知して駆けつけたものの、穢れのひどさにどうにもできないらしい。

「我らは、これ以上、ち、近づけません」

「穢れが、うっ、ひどく、て」

「ううぅ、ギボヂわるいぃ」

えずいてかなり苦しそうだ。

「大丈夫!? もっと離れて。俺なら行けるんだろ?」

「……はい。メモ帳、ありますよね」

「うん」

もちろん持ってきていた。ベストの胸ポケットからメモ帳を取り出す。己の能力を知ってから、いつ何時《なんどき》でもメモ帳半分のページは、字で埋めるようにしている。

しかし正直、己の書いた字が悪霊を祓う力があるとは、完全には信じきれていない。

涙目のトリカが湊を見やる。

「気を……つけて」

「わかった」

頷いた湊が、ゆっくりと大岩へと近づいていく。

眷属たちには、視えていた。

穢れ堕《お》ちた黒々とした塊から溢《あふ》れ出《だ》す瘴気が、霧のごとく辺りに立ち込める中、湊が歩く度に散り散りに消えていく様を。まるで黒い海が左右に裂けて道ができていくように。

「あんなにひどい穢れでも湊には、視えていないのですね。ううぅ、め、眼が痛ぃ」

「だな。顔色一つ変えず平然としてるのが、また。ひぎゃ！　鼻がっ」

「視えない方が幸せかも。きちゃないし、おぅふ、ぎもぢわるいぃぃ」

山神の眷属たちは神聖なモノであり、穢れに滅法弱い。まだ生まれて間もなく、あまり耐性ができていないというのも大きい。

しばらくして眼と鼻に激痛、吐き気まで込み上げるほどの瘴気が薄れた。深呼吸を繰り返す。ようやくまともに立てるようになった三匹が、固唾を呑んで見つめる先、湊が大岩に足をかけた。

湊は足元を見下ろす。

一抱えほどの薄黒い塊があるように見える。

ちらりと五メートル離れた先のテンたちを見やれば、二本足で立ちこちらを心配げに窺っていた。具合はよくなったようだ、と安堵し、再度足元に視線を落とす。やはりただぼんやりした黒もやがあるくらいにしか見えず、己の身体にもこれといった異常は感じられない。正直、どうしてコレがそこまで眷属たちに悪影響を及ぼすのか、理解し難かった。

湊は見鬼の才には恵まれていない。

怨霊クラスのひどい穢れになると、ようやくうっすら視認できる程度だ。ゆえに彼が知覚できるのならば、対象はそれだけ穢れ堕ちていることを意味する。

そんな湊だが、穢れ耐性は一級品である。触れなければどうという被害もない。しばし物珍しげに眺め続けた。ほんのわずか薄くなったり、濃くなったり。広がったり、狭まったりしている、ような気がする。

「……ふうん、こんなもんか」

さして感慨もない。視界の端に何かちらつき、顔を上げれば、三匹がせかせかと動いていた。

なんでいつまでも眺めてるの！　早く祓って！　とばかりに必死の形相で地団駄を踏み、前足で宙を掻いている。

躍っているみたいだな、と不謹慎にも笑いそうになった。気持ちを引き締め、手元を見やる。メモ帳を捲れば、字がわずかに薄くなっていた。

「これでいける、かな……どうなるんだろ」

己の能力には興味津々だ。なんと言っても、現役陰陽師が大枚をはたいて買ってくれる代物なのだから。

「持ったまま直接当てるのは……やめとこ」

以前弾かれた時の痛みを思い出し、メモ帳から一枚の紙片を破り、真上から落とす。ふわりと舞い落ちて腰付近を過ぎれば、完全に字が消えた。

「綺麗さっぱり消えたよ。……でも、黒もやは何も変わってないような気がするけど……」

首を捻る湊には、いまいち変化がわからなかった。

一転、眷属たちには。

「うわあ、ほぼ吹っ飛びましたね」

「すごいな、木っ端微塵だった」

「山神が言ってた通りだね！」

塊を成した悪霊集合体の半分以上が一気に霧散する様が、ばっちり視えていた。三匹が興奮して、はしゃぐ。だがしかし頑固な悪霊はいまだ残存している。うごめくしつこい穢れに震え上がり、毛を逆立てて身を寄せ合った。


「全部いっとくか」

湊は文字で埋まったメモ用紙をメモ帳から束で引き千切り、雨のごとくばらまく。途中から文字が消え、次々に岩へと落ちる白い紙。最後に落ちた一枚だけは、文字が残っていた。

どうやら祓えたとみえる。ここにきてやっと、薄黒い塊がなくなったのが視認できた。己の能力を目の当たりにした瞬間だった。

湊がほう、と息をつく。

「ちょっと感動したかも」

そうして、うっすら滲むように白いモノが現れた。

「……これ、鹿？　いや違うな」

鹿に似て非なるモノ。鱗《うろこ》で覆われた体躯。長い背毛。牛の尾。二本角が生えた頭部は龍。その瞼は閉ざされており、全体的に淡く儚い印象が拭えない。

「怪我とか は……ないみたいだけど」

様々な方向から眺めていると、テンたちも近づいてきて大岩に上がってくる。周囲は今し方まで瘴気が渦巻いていたのが嘘のように、通常通り山神の清浄な気で満ちていた。

滝が流れ落ちる水音をすぐ傍で聞きながら、皆で輪になって中心を覗き込む。見守っていると白いモノが徐々に色を濃くしていき、存在感を増していく。

「大丈夫そうです。そろそろ意識を取り戻すでしょう」

セリが力強く太鼓判を押してくれた。

やがて閉ざされていた瞼が開かれ、その眼に湊とテンたちの顔を映す。パチパチと瞬きを繰り返し、緩慢な動きで頭部を持ち上げた。湊たちが距離を取り、輪が開く。

身を起こし、揺るぎなく四本足で立ち上がった。淡いクリーム色の真珠の輝きを帯びた風雅な御身。長い髭《ひげ》が風に揺れる。

「だいじょ、」

最後まで言わせてもらえず。予備動作なしで飛び上がり、頭上に空いていた穴を突き抜け、上空へと逃げていった。あっという間。ロケット弾もかくやの爆速ぶりだった。

唖然《あぜん》と口を開けた一人と三匹が、丸く切り取られた青い空を仰ぐ。キャップのつばを引き上げた湊が、目を凝らす。もはや白い点にしか見えない。

「はっや、もうあんな遠くに。まあ、元気になったならいいか」

「礼を述べてしかるべきでは」

「だな。礼儀がなっとらん。そこそこ永く存在しているだろうに」

「ばいば〜い」

呑気に笑う湊、苛立たしげに腕を組む年長組、両手を振って見送る末っ子。三者三様の反応を示す一行に向かい、枝から外れた数枚の青葉が、ひらりひらりと舞い落ちていった。

第5章　湊印の効果やいかに

――ちりりん。

軒下の風鈴が涼しげな音を奏でた。世間ではうだる暑さが続いているのとは裏腹に、楠木邸の縁側では常に心地いい風が吹き、まるで春のような陽気に包まれている。座卓に向かい、メモ帳に文字を綴る湊は、暑さを感じている様子もなく、居心地よさそうだ。

楠木邸は不快な虫一匹すらおらず、すこぶる快適である。虫に悩まされたのは、始めの頃だけだった。本来ならばあり得ない。山裾に近い立地は、虫との共存を否《いや》が応《おう》でも強いられる場所だ。

無論、山神の神力によるものである。

反面、家の中は蒸し風呂のごとし。庭の方が断然居心地がよく、湊もほぼ庭にいる。何より電気代が浮いて助かっており、夜も縁側で寝てしまうことも多い。

今日も今日とて、縁側の中央を占領する大狼が、くわりと大あくびを一つ。座卓で書き物に勤しむ横顔を眺めやる。

「精が出るではないか」

「まあ、そこそこ」

最初の頃、意識し集中して書くとほんの数枚程度で眠気、倦怠《けんたい》感を感じていた。しかし今では、コツを摑んできて、倍以上の枚数を書けるようになっていた。

「風の強弱つける練習してるうちに、祓う力の流し方もわかってきたんだ。だから結構楽しい」

「どのような学びであれ無駄になることなど、何一つとしてないものだ」

「だよな。肝心の風力のコントロールは微妙だけど」

苦笑する湊だが、淀みなく動くペン先から均等に祓う力が流れていく様子が、山神の視界には映っていた。細く、長く、無駄なく。強靭《きょうじん》な翡翠色の糸のように。座布団上に正座し、背筋を伸ばして心を静め、淡々と文字を書き連ねていく姿はなかなか堂に入っており、修行僧に通じるものがある。

ある種、神聖ささえ漂う。たとえ書く文字が和菓子名で煩悩まみれだとしても。

湊の祓う力が短期間の内にここまで安定したのは、常々神の息吹きを感じているところが一番大きい。

以前は、文字に含まれている祓う力の量が多かったり、少なかったりと大層無駄が多かった。ムラ気の多い湊の気分次第で、込められる力に偏りがあったようだ。表札に関しては、家に掲げる大事な物ゆえうまく書かねばならぬという強い気持ちが込められ、普段書いている文字より段違いに力がこもっていた。

悪霊の超弩級《ちょうどきゅう》、怨霊の穢れほどになればうっすら視える湊だが、己の異能の色を視たり、威力を感じたりはできない。人の五感による知覚の割合は視覚が八割を占める。その最大知覚に頼れない非凡な力をコントロールするのは至難の業。ゆえに視覚でわかりやすく調整しやすい風の力は、いい取っ掛かりになったのだろう。

雷神の力を借りていたならば、今のように遊び感覚で気軽に扱えはしない。下手すれば、命に関わる危険な力だ。風の力も湊の鍛練次第では恐ろしく強大な力となりうるが、今のところ、髪を乾かすだけにしか使われていない。かくも平和である。

昔から食えない風神は何を知り、どこまで見越していたのか。

ふと息を吐き、同じく曲者《くせもの》の大狼は重ねた前足に顎を乗せ、瞼を伏せた。


——ちりん。形だけでも夏を感じるべく取りつけられた風鈴が、風に煽られ音を鳴らす。丸いガラスに描かれた朱色の金魚たちが軽快に回った。

程よく冷えた神水を湛える御池では、心地よさげに泳ぐ霊亀から扇状に水紋が広がっていく。

しばらく、ゆっくりとした穏やかな時が流れた。


「よし、今日のところはこれで終わり」

ぱたんとメモ帳を閉じ、上に乗せた手の甲を見つめる。

「護符がメモ帳って、どうなんだ」と湊は今更ながら思う。

ごろりと寝転がった大狼が、だらけきった体勢で湊を見やる。

「何か問題あるのか」

「薄くない？」

「紙の厚さは関係ない。筆の種類は関係あるようだがな」

様々なペンを試した結果、鉛筆やシャープペンシルには力を込めづらく、あまり祓う力が入っていなかった。もし力が込められたのならば、学生時、提出した紙等に書いた字が消えていた可能性もある。むしろ力が入らなくてよかったと胸を撫で下ろしていた。

「大事なのはお主の気持ちだと再三申したであろう」

「そうだけどさ、人様に買ってもらう物で、しかも商売道具になる物だ」

よいせ、と仰向けになった山神が、横目で先を促す。

「陰陽師がどうやって悪霊を祓ってるのか知らんけど。護符を投げつけたり、直接貼りつけたりするわけだろ」

前足を振って続きを促せば、真顔でメモ帳を振る。

「ペラッペラのメモ紙で、ちゃんと役目を果たせるものかと」

「投げるのは……難しかろうなあ」

「だよな。そういえば、俺もこないだ自分で使った時、投げるってどうよ？　って思って上から降らせたんだった。播磨さんって俺が書いたメモ紙があるだけでありがてえって感じだし、実は不満だけど遠慮して文句言いたくても言えないんじゃ……」

「それはなかろう。あの男、結構我が強いぞ」

「そうかな。いかにも育ちがよさそうな人だろ、播磨さんって。基本的に所作綺麗だし。いっつも高そうなスーツ着て、ブランド物の革財布に安物のペラいメモ紙、大切そうに入、れて……」

団扇《うちわ》代わりに振っていたメモ帳を止め、がばりと顔を上げる。

「そうだ、名刺だ。名刺に書けばいい！」

「うむ。よいのではないか」

「だよな。投げやすそうだし、これで格好がつくだろ。名刺ぶん投げる陰陽師って、おもしろ、や、カッコイイだろ、うん、多分。よし明日、白紙のやつ買いに行こう」

若干にやけて立ち上がりかけたその時、腹這《はらば》いの体勢に戻った山神が塀を見やった。

「間に合わんかったようだな」

軽やかに玄関チャイムが鳴る。この家を訪れる者は限られている。十中八九、気前のいい陰陽師に違いない。

「……早いな。前回から一週間も経《た》ってないのに」

訝しげな顔をしつつ、サンダルに足を入れた。

見目も手触りもいい上質な和紙に包まれ、金の紐《ひも》で結ばれた手土産。卓上に載る煌めくその箱を、山神が真上から焦がしそうなほど凝視する。その眼は瞳孔が開き切っていた。

正座した湊の、脚上に置かれている拳が震える。

大狼が深呼吸し、鼻孔いっぱいにほのかに漏れる匂いを吸い込む。小豆の香りを察知。眼に一筋の流星が走った。どれほど厳重に密封包装されていようとも、神たる獣の優秀な嗅覚は造作もなく好物の香りを嗅ぎ分ける。安物ではない高級小豆の香りを、断じて違えることはない。加えて、ほんのり混ざる抹茶香。

時期的に、水羊羹《ようかん》であろう。

深く、深く頷く。深みのある神の声が、重々しく宣う。

「大儀である。よきにはからえ」

播磨にメモ紙護符を渡しかけていた湊の腕が震える。歯を食い縛り、込み上げる笑いの発作を喉奥で耐えたのだろう、頬と首に力が入るのが山神から見て取れた。

いつも当たり前の顔をして座卓の一角を陣取る山神に播磨は気づいていないと、湊は思っている。ゆえに山神の何者にも配慮しない声量の独り言が聞こえても、反応しないよう、澄ました顔で対応するよう心がけていた。

山神が播磨を見やる。生真面目な顔つきでメモ紙を両手で恭しく受け取ると、肩の力が抜ける。同時に張り詰めていた気配も和らいだ。

播磨は気づいている。

明確には視認できていなくとも、神という異質な存在がすぐ傍にいて、己をつぶさに観察していることを。今回の供物はお気に召していただけたのか。神の不興を買ってはいまいか。常に全神経を尖らせ、神の機微を何一つ取りこぼすまいと気の毒なほど緊張していた。山神が喜んだのを感じ取り、ようやく気が緩んだのだろう。

大狼が愉快げに尻尾を揺らめかせた。

「何も嚙みつきなどせんというのに。我、山神ぞ」

「ッ！　きょ、今日は涼しいですね」

「……そうだな」

外は猛暑。高温、多湿。身体中の水分が蒸発しかねない灼熱《しゃくねつ》の真夏日である。とうの昔に不快指数のメーターは振りきれている。しかし山神の偉そうな文言に思わず噴き出しかけた湊は、家から出なければ気づくまい。蜃気楼《しんきろう》が立ち上るアスファルトを、汗だくで歩いてきた播磨が、こっそりと額の汗をハンカチで拭った。

話を合わせた陰陽師は、ここが現世から切り離された神域だと、とっくの昔に気づいているだろうに。わざわざ好き好んで幾度も通ってくるなど、ほんに豪胆な男よ、と山神は喉を震わせた。

楠木邸の庭は、山神が本来の力を取り戻すに従い、徐々に現世から切り離されていった。少し前まで現世の天候と合わせていたが、今は完全に異なる。湊はいつも洗濯物を外に干せていい、と喜んでいる。だが雨が降らないため、庭木に水撒《みずま》きが必須となり、毎日、御池から神水をじょうろに汲《く》んで撒いている。

――ちりん。うららかな春の庭に吹き抜ける風が風鈴を戯れるように鳴らした。

「では、これで失礼する」

「あ、播磨さん」

席を立ち上がりかけていた播磨が、再び腰を下ろす。ポケットから油性ペンを取り出し、湊が手のひらを差し出した。

「お手をどうぞ」

「……何か違わないか」

「お気になさらず。いつも土産もらってるから、サービスってことで」

手を取り、書こうとした湊を「待ってくれ」といやに鬼気迫る勢いで止めてくる。絶対に譲れないという強固な意志が漲《みなぎ》っている。山神が面白そうに、ふすっと鼻息を漏らした。眼鏡越しでも劣らない目力の強さに射抜かれ、威圧を感じた湊が顎を引く。

「できれば格子紋を書いてほしい」

「……星印、嫌でした？」

「いや、その」と口ごもる間、大人しく待つ。次第になぜか播磨の気配が荒《すさ》んだものになっていく。

卓上に置かれたメモ帳に視線を落とし、覇気のない声で告げた。

「五芒星。晴明桔梗紋は、うちの家紋ではないんだ」

「あれって家紋なんだ。すみません、知らなくて。よそのお宅の紋はまずいですよね。じゃあ本数は何本で？」

「横線五本、縦線四本」

頷いた湊の纏う気配が変わる。

両目から光が消えていた播磨が、伏せていた瞼を上げた。その視界に入ったのは、先ほどまでの呑気者とは全く異なる別人かと見紛う姿。極限まで研ぎ澄まされた凛《りん》とした空気を纏う姿だった。

息を呑んだ播磨の眼前で、一本、また一本。ゆっくりと丁寧に線が引かれるたび、祓う力が、強く、強く込められていく。幾本かの線が入った手の指先が、かすかに戦慄《わなな》く。そのブレすらも気にせず湊は、粛々と書き続けた。

見守る山神が愉《たの》しげに耳を動かす。御池の岩の上から甲羅干し中の霊亀も、ちろっと片眼《かため》を開いて縁側を窺う。風と戯れているクスノキも、喜ぶように枝葉を揺らした。


「はい、終わりました」

快活な声があがり、清廉な雰囲気に呑まれていた播磨が我に返り、瞬く。

「どうですかね」

手の甲に記された歪みもない格子紋から放たれる翡翠色の光。まばゆい輝きのそれは前回の晴明桔梗紋より、格段に祓う力が強い。気圧された播磨の喉が大きく上下した。

満足の出来具合に上機嫌な湊から疲れた様子は見受けられない。眠そうだった以前とは違うことに訝しそうにしながらも「ああ。あ、りがとう」と辛うじて礼を述べた。

ペンのキャップを閉めていた湊が「あ、そうだ」と呟き、播磨へと視線を向ける。

「次から名刺に字を書こうかと思ってまして。どうしますか、メモ紙の方がよければ、そのま、」

「名刺。名刺がいい。なにがなんでも是が非でも名刺で頼む」

「あ、はい」

食い気味の早口、さらには念押し。しかも少しばかり身を乗り出して。やはりペラペラメモ紙では使い勝手が悪かったようだ。

わずかに身体ごと引いた湊が、さりげなく山神を見やる。顔を伏せて尻尾を床に叩きつけ、声を押し殺して笑っていた。

○

楠木邸の表門が閉ざされると、神威の気配がピタリと消える。

途端、頭上から蝉《せみ》の大合唱が降り注ぐ。むわりと暑気と湿気が全身を包んだ。一気に体温が上昇し、汗が吹き出す。不快なはずのその感覚が今は心地よかった。

播磨は門へと向かい、折り目正しく深く一礼する。顔を上げ、上着から取り出した革手袋をつければ、格子紋から放たれていた翡翠色の光が消えた。どれだけ暑くとも仕方のない処置だ。深々と息をつき、踵を返した。

ざくざくと砂利と靴底が擦れる音を鳴らし、楠木邸から離れていく。スマホを操作し、耳に当てた。

「お疲れ様です。はい、今からすぐそちらに向かいます」

端的に用件のみ告げ、通話を切る。上着のポケットに戻す所作がぞんざいになったのは、全身から流れ落ちる鬱陶しい汗のせいばかりではない。

田んぼの畦道をのろのろと歩き去っていく足取りは重々しい。いつも伸ばされている背筋が、いやに曲がっていた。

○

天井の片隅から、人型の悪霊が手の先端を尖らせ、心臓部目掛けて突っ込んでくる。

触れる間際、黒手袋を嵌《は》めた長い腕がしなり、硬く握られた拳が歪な頭部を貫いた。断末魔の叫びすらあげることなく、形が崩れ、粉々に飛び散り消えていく。間髪容《い》れず、獣型の悪霊が部屋の隅から飛びかかってきた。その横っ面を蹴り飛ばす。直線状に吹っ飛び、壁に衝突し、塵となって消えた。

廃校の一階の教室内に潜んでいた低級悪霊すべて、ものの数分で祓い終えた。

涼しい顔をした播磨が、スーツの襟を正す。踵を返し、出入り口の扉へと向かう。

「こっわ」

斜め後ろにいた陰陽師の同僚が肩をすくめ、振り返ることもなく長廊下を進んでいく黒スーツの後ろ姿に続く。机や椅子が雑然と並んだ教室を後にした。

室内に潜んでいた悪霊たちを一人で祓う播磨のおかげで、ただ傍にいるだけになっているのは、パナマ帽を被った壮年の男——葛木《かつらぎ》。二人は、国に属する機関の一つである陰陽寮《おんみょうりょう》に所属する陰陽師である。彼らは日本各地に蔓延る悪霊を祓うため日夜奔走している。

今回、三階建ての廃校に巣食う悪霊を祓うべく派遣され、一階を祓い終えたばかりだ。

悪霊が蔓延るのは放置された学校、病院等大きな施設がとりわけ多い。人が多く訪れる場所、加えて長く時間を過ごした場所ほど悪霊が住み着きやすくなる。人から吐き出された妬み、恨み、未練、後悔、様々な悪感情の残留思念が建物にこびりつき、それを餌に同じく負の感情を抱えたまま死した霊が集まってくる。

そして争い、喰《く》い合い力を増し、怨霊化。やがて生者の人体、生活を脅かす霊障を引き起こすようになる。

ひび割れたガラス窓から入る夏の容赦ない日差しにより、場違いに明るい廊下を進む。

葛木が護符を扇状に広げて顔を仰ぐも、閉め切られた校舎内では、その程度の微風で涼をとれるはずもない。

「あっついねえ。俺もそろそろ親父に倣って和服にしようかな」

ぼやいたサマージャケットの葛木を、播磨が横目に見やる。

「翁《おう》はお元気ですか」

「ああ、先日帰ってきてまたすぐに出ていったよ」

葛木の父は陰陽寮、組織に属することをよしとせず、在野の凄腕退魔師として各地を巡り、悪霊祓いを行っている。年中、パナマ帽を被り、和服を着こなす洒脱《しゃだつ》な男だ。

父譲りの帽子を被った葛木が、大して汗をかいていない横顔を見やる。

「お前さん暑くねえの。そんな手袋までして」

「暑いに決まってるじゃないですか」

「そうは見えねえが。にしても、武闘派の祓い方、こわ〜い、おっさんにはとてもじゃねえけど、真似《まね》できねえよ」

「それぞれ得意なやり方で祓えばいいでしょう」

「まあ、そうだけどよ。久々に組むから知らんかったが、やり方変えたのか？　前はそうじゃなかっただろ。九字切ってたよな」

「殴った方が早いんで」

たるみ始めた腹部が気になるお年頃の葛木が、酢でも飲んだかのような表情になった。

「お前さん、見かけによらず、力こそが正義なやつだった？」

「そうですね。見たままでは」

「何言ってんだか。いかにも、おっと、」

悪霊が天井から落ちてきた。帽子を押さえながら躱《かわ》し、護符を投げつける。触れた箇所からボロボロと塊が剝がれるように崩れていく。そのまま歩みを止めることなく、振り返って成り行きを見届け、角を曲がり中央階段へ。

「頭脳派。デスクワーク向きって感じなのにな」

「そうですかね」

己では全くそうは思っていない播磨が、躍り場を曲がった所で待ち構えていた悪霊を踏み潰して祓う。靴底に仕込まれた護符により、ボールを踏んだように脇に膨れて弾け飛ぶ。それを見た葛木が「うわあ」と護符の扇で引きつる口許を隠した。

何食わぬ顔で眼鏡を押し上げた播磨が、階段に足を乗せる。

「単に眼鏡かけてるからそう見えるんじゃないですか」

「ちげえ、それだけじゃねえって。播磨の坊ちゃんよ」

「その呼び名、やめてくださいよ。二十七にもなる男にいつまでも坊《ぼ》っちゃんはないでしょう」

二階にたどり着き、左右へと首を巡らせた。まっすぐ延びる長廊下に等間隔で並ぶ扉は、すべて開かれている。意識を集中し、気配を探ることしばし。二階に悪しきモノのはいないようだ。

同じく両目を閉じ、聴覚で探っていた葛木が傾く。

「二階は大丈夫そうだな。すまん。つい呼んじまうんだよ、癖で」

葛木は播磨の父と知己だ。播磨が幼少の時分から面識があり、〝坊っちゃん〟は、当時から変わらぬ呼び名である。一向に悪びれる様子もなくからりと笑う。からかう気も嫌みでもないとは理解しているが、いつまで経っても子供扱いされているようで面白くはない。

浅く息を吐き、若干の苛立ちを逃がし、階上を見上げた。窓がなく薄暗い階段を、瘴気がゆっくりと漂い下りてくる。人の声と物がぶつかる衝突音も、かすかに聞こえる。他の陰陽師たちが三階で悪霊祓い中なのだと知れた。

葛木も播磨に倣って階上を見やり、顔を雲らせる。

「どうすっかな。助太刀……要るか？　助けても感謝どころか舌打ちするようなやつに」

「……行かないわけにはいかないでしょう……仕事ですし」

苦々しさを抑えきれない声。わずかに歪む顔。全身から隠しきれない拒絶が滲《にじ》み出《で》ている。眉を下げた葛木が、己の肩より高い位置にある肩を労うように叩いた。

「あいつはお前さんへの当たりはいっとうキツイからなあ。嫉妬以外の何物でもねえけど。今回、他に人がいなかったのは災難だったな。まあ、うん、一緒に頑張ろ？　晩飯、おっさんが奢《おご》ってやるから」

「寿司《すし》でお願いします」

「相変わらず遠慮がねえな、いいとこのご子息なのに。別にいいけどよ」

「あなたの家も似たようなものではないですか」

双方、代々陰陽寮に従事してきた一族出身で、エリート中のエリートである。

陰陽師となるには生まれ持つ素質が物をいう。古来より連綿と受け継がれてきた術師の血を引く播磨は、元々の才能だけに頼らずたゆまぬ努力により、現陰陽寮でも一・二を争うほどの実力者だ。対して三階で悪霊祓い奮闘中の一人、同期の一条《いちじょう》は才能頼り。努力せずとも幼き頃より悪霊を祓えていたばかりに、腕を磨くことを怠り、自惚《うぬぼ》れだけを増長させた。同年で何かと比較、引き合いに出されてきた二人は、年を追うごとに実力、地位の差は開いていった。

結果、年々関係が悪化。何かと敵愾心《てきがいしん》剝き出しで突っかかってこられ、鬱陶しいことこの上ない。悪霊をより多く祓ったのはどちらか、どれ程強いものを相手取ったのか。いちいち比べて、一喜一憂。子供か。

完全なる被害者の播磨に周囲も同情的で、極力犬猿の仲である二人の仕事場を被らないように図ってくれている。だが今回、人手が足りずあえなくバッティング。廃校に着き、顔を合わせた時から一条は喧嘩腰《けんかごし》だった。殺伐とした空気が漂う中、最も強い悪霊が三階にいると判明。すると「階下の雑魚《ざこ》はお前が相手しろ」と上司である播磨に居丈高に命令し、幼馴染《おさなじみ》みの女性を引き連れ、三階へと直行した。返事をする間もなかった。

とうの昔に関係改善は諦めている。陰陽師としての本分を全《まっと》うしてくれれば、それでいい。もう、それだけでいい。そう、割りきるしかない。

憂鬱そうに視線を落とす。視界に入る、うっすら埃を被った革靴。綺麗好きが眉間に皺を寄せる。どこもかしこも薄汚れ、埃まみれ。空気も淀んで最悪の環境は正直、息をするのも御免被りたい。可及的速やかに悪霊を始末し、校舎を出るべきである。

中身お子様がいる三階へと向かうべく階段に向き直った。

「年々、見目だけ老け込んでいくのが、またなんとも……」

「おっと。こちらにも流れ弾が」

葛木がわざとらしくおどけて左胸を両手で押さえる。苦笑した播磨が、重い足を一段目へとかけた、直後。

「ぎゃあああーッ!!」

聞き慣れた、聞きたくもない声の耳障りな悲鳴。首だけで振り返り、顔を見合わせる。「一条！」と裏返った女の声も後追いで聞こえた。

葛木が上着の裾を翻し、階段を踏み込む。

「しっかしまあ、なんだ。野郎の野太い悲鳴ってやつぁ、急いで駆けつけてやろうって気にならんもんだな」

「相手が相手なので、仕方ないかと」

「違いねえ」

至って落ち着いた優雅とも言える歩調で、二人は階段を上っていった。


形ばかり急いだ風を装い、ガラス片が散る廊下を渡り、教室内に踏み込む。中庭に面したガラスのない窓枠の向こう、澄み渡る青空に反して、充満する瘴気で薄暗かった。

倒れた机と椅子が散乱する中央。人型の悪霊が、長い腕を一条の上半身に巻きつけて持ち上げている。宙に浮くか浮かないか、ギリギリの位置に。爪先立ちで青ざめ、脂汗を流す一条が、ごくわずかだが哀れに思えた。

悪霊もとい怨霊がこちらを向く。身構えた陰陽師二人に気づくと吊《つ》った男をこれ見よがしに向けてくる。その眼を弓なりにしならせて、三日月形の細い口を頬まで裂いて。

嗤っている。人間をなぶって愉しげに、嗤っている。

その愉悦に呼応し、全身から瘴気を撒《ま》き散《ち》らした。息を呑む播磨たちの前で黒い帯が首だけを摑んで揺らす。震える足を交互に片側だけで立つよう、仕向けられる無茶なダンス。強要されている一条が必死に逃れようとするも、決して敵《かな》わず。片側の靴が今にも脱げそうだ。たどたどしい足音だけが鳴る。口を塞がれた一条は声を出せないらしい。

予想以上に危険な相手だった。一条でも祓える程度の中級悪霊だと、高を括《くく》っていた己の落ち度だ。播磨が拳を握り、ギチリと革手袋が鳴る。

緊張感が高まる最中、怨霊が膨張した。その体から爆発的に放たれた泥状の瘴気が天井、床を舐めるように広がり這っていく。扉近くに座り込んでいた痩せぎすの女が、迫りくる瘴気に怯《おび》え、這って廊下へと逃げていった。それを見た一条の怯えきっていた瞳に怒りが滲む。

濃厚な瘴気が立ち込め、部屋の明度がより下がった。両耳を押さえた葛木が苦しげに唸る。彼は悪霊の気配を主に聴覚で知覚する。悪霊があまりに強力である場合、鼓膜が破れんばかりの苦痛、頭が割れるほどの激痛を伴うという。

それなりに耐性がある播磨でも、吐き気が込み上げてきた。手で鼻と口許を覆い、上着のポケットに入れていたケースからメモ紙護符を引き抜く。

刹那、明るくなる室内。半身を曲げていた葛木の目が見開かれる。片足で立つ一条も目を剥き、混乱している様子が見て取れた。

怨霊が輪郭を激しく震わせる。まるで怯えるように。

外された革手袋の下から、翡翠の光が現れる。圧倒的な除霊の光が放たれる。一条が床に投げ捨てられた。悪霊が一瞬にして塊に変化し、窓を目指して飛びすさる。

逃がすわけがない。

播磨が床を蹴る。横倒しになった机、椅子を飛び越え、数歩で窓際へ。窓の外側に半分近く流れ出ていた塊に翡翠色の光で覆われた拳を撃ち込む。霧散する怨霊。ほんのわずかの間に祓い終えた。

窓から生ぬるい風が入り込み、レールから外れかけたカーテンを揺らす。意識から遠ざかっていたセミの大音声が耳についた。


直射日光を上半身に受けながら、播磨が手の甲を見る。半分ほど薄れた紋でも、まだ祓う力は十分に残っている。光を宿す手に特殊な手袋をつければ、たちどころに光が消えた。その光景を一条は床に座り込んだまま、葛木は立ち尽くして、見ていた。

手袋の上から手首の辺りを押さえ、指を握って、開いて。指先の具合に納得し、二人の方へと向き直る。

「任務完了です。では、次の案件へ参りましょうか」

「ちょ、ちょ、ちょっと待って待って!? おっさん全然ついていけなかったんだがっ。え、何、その手の甲。や、坊っちゃんとこの家紋だろうけど。あと、最初のやつも何、すご過ぎだろ。何あれ!」

葛木が素っ頓狂な声をあげ続ける間も、歩みを止めなかった播磨は、既に出入り口付近にいる。

葛木が飛びつく勢いで引き留めた。背中に感じる刺し殺さんばかりの強い視線を感じつつ、平坦な声で告げた。

「知人から、心ばかりの気持ちです」

「え、は?」

「夕食楽しみにしてます」

「……お、おう」

言外に後で説明すると匂わせれば、察しのいい彼は気づいてくれたようだ。


ポケットのケースはメモ紙の祓う力を封印するためのものである。

悪霊蔓延る現場に素のまま持ち込めば、無差別に祓ってしまい、いざという時に効力を発揮できなくなるからだ。

前回の紋は、さして強くもない低級悪霊を歩くだけで次々と祓ってしまい、呆気《あっけ》なく消えた。ありがたくも実にもったいなかった。昨日、思いがけず再び書いてもらえ、念のためケースと同様の特殊な手袋を作成依頼しておいたのが、功を奏した。手袋だけでは完全に湊の力は封じきれない。

だがそれを逆手に取り、直接悪霊に触れて祓う戦法を取っている。

扉をくぐり、手の甲をさすする。

楠木湊の護符の威力は絶大だ。その圧倒的な力を知ってしまえば、さほど力もない護符に高い金額を出す気にはなれない。今ではメモ紙護符のみを購入し、播磨家ゆかりの一族のみで使用している。

播磨にも陰陽師としての矜持《きょうじ》がある。湊の護符にばかり頼るつもりは毛頭ないが、己の霊力には限りがある。ここ数ヵ月、とみに悪霊絡みの案件が増加しており、メモ紙に頼らざるを得なくなっていた。今日もこれからもう一件、別の場所へと行かねばならない。

睨み続けている相手にあえて声はかけない。睨むだけの元気はあるのならば、問題ないだろう。気遣ったところで返ってくるのは罵詈雑言《ばりぞうごん》のみ。耳が腐る。

晴明桔梗紋は、一条の家紋だ。前回、手の甲をいつ見られやしないかと随分ひやひやしたものだ。今回、見られてしまったのは失態だったが、今さらどうしようもない。

廊下に出た二人は、靴音を響かせ遠ざかっていく。ギリッと音が鳴るほど奥歯を噛みしめた一条が、筋が浮く拳を床に叩きつける。乾いた音が荒れた室内に空《むな》しく響いた。


中庭の片隅にて。

三階の窓から生い茂る草むらへと落ちてきた白い塊がうごめく。次第に幾筋もの青みの強い真珠色の光が立ち昇る。やがて真珠の光沢を放つ塊が、一直線に雄大な入道雲へと向かっていった。

○

どぼん。楠木邸の御池に亀が勢いよく飛び込んだ。

高い位置の大岩からの華麗なるダイブにより高い水柱が立ち、近くを歩いていた湊のサンダルに水飛沫がかかる。

「お、珍しい亀さんの大ジャンプ。なんか機嫌よさそう」

笑って御池を覗く。透明度の高い水を掻き分けて泳ぐ速度も異様に速い。黄みが強い真珠色の亀が縦横無尽に泳ぎ回り、水圧に煽られた水草がなびいた。

砂利しか入ってなかった御池に、いつの間にか豊かな水草が生えていると、つい先日気がついた。今さら驚くことでもない。他に生き物の影も形もなく、こうも広い池に直径十センチほどの亀が一匹だけなのは正直、寂しい。魚くらいいてもいいのではないか、とは思う。けれども。

「まあ、亀さんが居心地いいのが一番だしな」

勝手にいらぬ気をきかせ、生物を入れるつもりはない。

風に吹かれた風鈴が、かすかに音を鳴らす。湊が空を仰ぐ。中天から容赦なく照りつける太陽。青空に明確な輪郭を刻み、存在を主張する入道雲。どう見ても夏真っ盛り。

なれど。庭の端から端まで見回す。

青々とした葉の落葉樹は目にも鮮やかで、絶えず柔らかい風が吹く。暑くも寒くもない快適な気温は、まさに春そのもの。御池に手を入れると、ひんやりと程よい冷たさだ。水温は常に一定に保たれている。掻き回せば、揺れる水面に映る己の顔が揺らめいた。

庭は明らかに現世から切り離された異質な空間。現世の生き物がいない、異様な空間。現世の生き物は、湊のみ。

しかし不思議と空恐ろしさは感じていない。

「居心地いいからな」

鼻歌を歌いながら手を引き上げ、神水を汲むべくじょうろを池に入れた。

○

葛木御用達《ごようたし》の寿司屋は今日も繁盛していた。

賑わう店内に反して、静かな別棟に並ぶ個室の中の一室。ゆとりのある広い座敷《ざしき》の中央に座卓、水墨画の掛け軸がかかる床の間。障子の向こうは、ささやかな枯山水の坪庭。水流を模した砂紋の中、石灯籠から漏れる淡い明かりが、意図して配置された石たちに陰影を落とす。

座卓を囲む仕事上がりの陰陽師たちは、食事を済ませ一息ついたところだ。胡座をかいた葛木がビールジョッキ片手に、枝豆へと手を伸ばす。

「なるほど。お前さんが近頃、顔色がいいのは、そのありがたいメモ紙様のおかげだったというわけだ」

「そうですね」

メモ紙と手の紋について経緯を話し終えた播磨が、ウイスキーで疲れた喉を潤す。空のグラスを卓に戻すと中の氷が音を立てて回った。卓上におびただしい数の酒の空瓶が並ぶ。ほぼ一人で呑み干した播磨は顔色一つ変わっていない。

播磨は人一倍多くの悪霊を祓う。近頃、他者が対処できない怨霊が多く、過剰労働気味だった。久々に気の置けない相手との食事、しかもおごり。鬱憤晴らしも兼ねて浴びるほど呑んでいた。

葛木が卓上に置かれたメモ紙を手に取り、しげしげと眺める。

「……すごいねえ。ただ和菓子の名が書かれてあるだけなのに」

「稀有な能力ですよね。さらに最近能力が上がってるようなんです」

「ほう。けどよお、その相手のバックには太古の神がついてんだろ。おっそろしい。いくらとんでもねえ威力の護符だろうが、手に入れるためにマジもんの神域に通うなんぞ、おっさんだったら御免被るが」

すぼめた肩を震わせた。そして何気なくメモ紙を裏返すと、店名が小文字で書かれてあるのに気づく。それを目にし、眉を上げて何度も頷いた。

「備前庵《あん》の大福、うまいんだよな、餡は甘過ぎないし、餅の歯切れもよくてさ。一日の販売個数限定、開店後数時間で売りきれるから、滅多に食べられないのが難点だけどな」

「そうなんですか。では早めに買いに行かないと。毎回、店名が書かれてあるので助かってるんですよね」

「ちゃっかりしてんな」

けらけらと葛木が笑う。笑い事ではすまない播磨が琥珀《こはく》色の液体をグラスに並々と注ぐ。メモ紙の文字がなんであろうと効果があれば一向に構わない。何より助かっているというのは、天地神明に誓い嘘偽りのない本心からの言葉だ。記された店の品を持っていけば、神の機嫌を損なう恐れがほぼなくなるのだから。


楠木邸の表門をくぐった瞬間、全身に重い圧力がかかる。

強大な力を持つ太古の神から意識を向けられ、呼吸すらままならず、歩くのも一苦労。さらには神威入りの風に追い打ちをかけられる。気を抜けば、膝を折り、地にひれ伏しそうになるほどの重圧がのしかかってくる。

しかし手土産を差し出せば、事態は急変する。地獄の釜の縁に立たされている絶体絶命の心地から、呆気なく解放されるのだった。

実際は山神の威嚇ではなく「今日の菓子はなんぞ。無論、こし餡であろうな」という期待と催促の重い気持ちが、込めに込められたものである。

「しっかしよお、メモ紙って使いにくくないか。そこそこ投げなきゃならん時があるだろ」

「ええ、まあそうだったんですが。大丈夫です、次から名刺にしてくれるそうなので」

「名刺を投げる……レオタード着て、姉ちゃんと妹ちゃんと一緒に三人で？」

「……何故《なぜ》です」

「通じない、だと？　コレがジェネレーションギャップ……。世代の違いを感じるわ」

不可解そうに眉を寄せた若者を前にして、おっさん悲しい、と葛木が目頭を押さえた。レオタード云々《うんぬん》より、同じく陰陽師のアグレッシブで自由人の姉と妹とともにというのが大問題だ。一人でも厄介で手に負えないというのに。三人で仕事するなど考えただけで胃が痛くなる播磨だった。

第6章　山神の御業、とくとご覧あれ

　ぱらり、ぱらり。縁側の定位置に寝そべる山神が、器用に前足で雑誌を捲る。気だるげに伏せられた眼、緩慢な仕草。果たして読んでいるのか、いないのか。全く変わらぬ一定の速度で頁《ページ》を捲る様子から、さほど興味はないようだ。

　その音をBGMとして座卓に向かう湊が、真白の名刺に一筆、一筆、心を込めて書き記していた。

　心地いい風が一人と一柱の合間を通り抜ける。そんな穏やかな時間が流れていた平穏な楠木邸の庭だったが、突然終わりを迎えることとなる。

　ピタリと紙の音が止まった。代わりに山神がぐるぐると低く喉を鳴らす。次第にうなり声へと変化し、どんどん高まっていく。

　不穏な気配。

　さりとて湊は表情を変えることなく、これから起こるであろう事態を察する。名刺の束から一枚のまっさらな名刺を取り上げ、手元に置いた。準備完了。時を待つ。

「ぬぅ、抜かったわ、この我としたことがっ。かような事態を想定しておらぬとは、なんたる怠慢か！」

ビリビリと大気を揺るがすほどの己への罵倒。大層喧《やかま》しい。先刻までのだらけた姿とは一変、爛々と眼をギラつかせ、牙を剝き出し、射抜かんばかりに雑誌を睨みつけた。

鼓膜にややダメージを受けた湊の指先でペンが回転し始める。人差し指から中指、中指から薬指へ。くるりくるりと移動していく。

「情報収集は戦の要ぞ」と悔しげな唸り声。憤懣《ふんまん》やる方なしと特大のため息をつき、大狼がゆるゆると頭《かぶり》を振った。

「……秋の新作とはな」

地元情報誌の見開きに描かれているのは、和菓子屋MAP。色とりどりの和菓子の写真がちりばめられている。来る秋に向け、地元和菓子屋が相次いで新作を発表し、数頁に渡り特集が組まれた豪華版だ。

「薩摩芋《さつまいも》、栗……柿……どれもよき……」

うっとりと陶酔した声色で呟く間も、視線は、断じて一文字足りとも見落としはしない。洗いざらい舐め尽くす勢いで紙面を這い回る。

一方、出番待ちである湊の華麗なペン回しはまだまだ続いていた。指のみならず手首を軸に回転させ、反動をつけて宙へと飛ぶ。一回転後、逆手でキャッチ。流れるように今度は左手へ。指先を回りながら軽快に移動していく。ミニバトンと化したペンが指の背、手のひら、甲をくるくると回転方向を変えて回った。

そんな妙技に一切気づかない山神が、戦慄く。

「ぬ！　なんと！　ほ、干し柿の中に栗きんとんだと⁉　そ、そのような罪深い物があってよいのか。欲張りが過ぎよう。……ぬうぅ、惹《ひ》かれるわい。こし餡こそ至高とするこの我が、な。……だが致し方あるまい、季節限定物は旬を楽しむ醍醐味《だいごみ》ゆえ。左様左様、致し方なし」

己を慰め、幾度も頷く。その様子にペンの回転が止まった。

前足でがっちり両側を押さえつけられた雑誌を、湊が横から盗み見る。黒い鼻が指し示す紙面のセンターを飾るのは、干し柿。オレンジの鮮やかな切り口の中心から、とろ～り黄色い栗きんとんが覗いていた。

あれか。

卓に肘をついて伸び上がる。商品名、店名を視認し、軽く首肯する。体勢を戻し、ペンを握り直して粛々と書いていった。

こうして毎回、山神の独り言にしては大き過ぎる声で選抜された和菓子名を表側、店名を裏側に記していた。折角手土産を頂けるのならば、山神ご所望の品の方がよかろうという完全なる善意である。

山神は、湊が独り言に耳をすませていると気づいていない場合が多い。ゆえにいつも気になって仕方なかった和菓子を持ってくる播磨の株は右肩上がり、上昇の一途をたどっている。

眼を伏せ、しみじみと語り続けていた山神は、雑誌の隅から隅まであますことなく読み終え、満足げな深い息をついた。頁を捲り、とある文字を目にした瞬間、グワァッと眼をかっぴらく。

「な、なぬっ、越後屋《えちご》め、新作はこし餡ではなくつぶ餡だと!? なにゆえそのような愚かしい真似を！ 貴様のところはこし餡がウリであろうがッ。し、信じられぬ。……うぬぅ、あの老いぼれ爺《じじい》め、ついに耄碌《もうろく》しおったか……」

山神は独り言では結構な口の悪さを露呈する。それに慣れきった湊は今さら驚くこともない。いやに越後屋さんについて詳しいな、と疑問に思いながらも表に和菓子名を書き終え、名刺を裏返した。

しばし毛を逆立て憤っていた大狼であったが、ふと静かになった。かすかに鳴る風鈴の音が過去を呼ぶ。遠くを見つめるその眼を細め、凪《な》いだ声で穏やかに言の葉を紡ぐ。

「……様々な甘味を食してきたが、いまだ主のところの甘酒饅頭に敵う物には出会っておらぬ。昔から変わらぬあの味、我の甘味の原点たるあの味を、頑固に、忠実に、真摯に守り続ける十二代目よ、まこと大儀である」

深く感謝のこもった声だった。軽く眼を伏せる。

「主に幸あらんことを」

巨躯から金色の光が放たれた。数多の細い光線が鼻先に集束し、渦巻き、球を練り上げていく。やがて美しい白き珠《たま》が出来上がった。湊の拳大ほどのそれが中空で回転しながら金の光を振《ふ》り撒《ま》く。

山の神が、立ち上がる。

珠を前に強靭な四肢で立つ、その威風堂々とした御姿から神の威厳が迸った。大狼を起点に爆風が吹き荒れ、放射状に広がる。割れんばかりに振動する窓ガラス。ざわめく神木クスノキ。御神体たる高山の木々も大きく横殴りにされ、葉が、枝が大空へと飛んでいく。軒先の風鈴が高く、激しく、鳴り響く。煌々《こうこう》と光輝く白い長毛がなびき、黄金の眼が一際強く光った。

そうして腹底に響く重低音で、厳かに神託を下す。

「よいか、十二代目。これは我からの下賜品である。心して受け取るがいい。最近ちと中身の方が傷んできたであろう。なあに案ずるな、その憂い、即刻、晴らしてくれようぞ。『ワシも、そろそろ引退じゃな』ではないわ。職人たる者、生涯現役ぞ。次代はまだまだ育ちきってはおらぬ。主の足元にも及ばぬ。今のままでは到底我の舌を満足させられはせぬ」

緩く首を振り、前足を振り上げる。

「精々頑丈な身体を取り戻し、最期の最期までこし餡饅頭作り、次代の育成に励むがよい」

勝手極まる言霊を乗せた珠を、力強くぶっ叩いた。

ひゅごっと風切り音を立て、豪速球が山の反対側の塀へと飛んでいく。一瞬ですり抜け、跡に残された金色の軌跡が風に洚《さら》われ消えていった。

珠が向かった先には、山神御用達の越後屋がある。

ぱたりとやむ暴風。荒れ狂っていた木々も風鈴も大人しくなり、元の静寂を取り戻す。名刺とペンが飛ばされないよう、必死に両手で押さえていた湊が安堵の息を吐き、卓に突っ伏した。

どっこらせ、と神の御業を成し終えた大狼が、大仰に座す。後ろ足で踏んで押さえていた地元情報誌を引き寄せ、ふたたびくまなく目を走らせる。またもぶつぶつと呟き出した。

湊が新しい名刺を手に取る。神様ってほんと勝手だ、人間ごときには推し量れん、と思いつつ、さらさらと書き記していく。もちろん越後屋の紅白甘酒饅頭である。

毎回、店名を書いたものを二、三枚紛れ込ませていた。全国を飛び回る多忙な陰陽師が選びやすいようにとの配慮からだ。

どれが選ばれるのかは、播磨のみぞ知る。

〇

簡素な紙で包装された越後屋の紅白甘酒饅頭を播磨から受け取った。全体がほんのりと温かく、蒸したてであろう旨を伝えてくる。甘酒とこし餡の甘やかな香りが湊の鼻先をくすぐった。

当然、座卓についていた大狼の尻尾は高速で振られ続けている。もはや残像が見えない。越後屋名を記した名刺を渡す前に実物を頂けたのは僥倖《ぎょうこう》だった。

播磨の身体から力が抜ける様が、湊からも見て取れた。彼はいつも異常に緊張しているようで、若干気の毒さを感じる。傍らにいるのはどれだけ気安くとも、偉大なる神だ。ある意味仕方がないともいえよう。

たとえその姿は見えておらずとも存在を認識していることは、山神から聞かされずとも湊は気づいていた。しかしあえて本人には確かめていない。播磨の態度が硬いのもあるが、用事が済めば、さっさと帰ってしまうせいでもあった。

手土産と引き替えに名刺の束を渡す。礼を述べて珍しくうっすら笑ってくれたが、名刺を丁寧に捲り、怪訝な顔になった。

「いくつかペンの種類が違うようだが」

「あ、はい。俺の力ってペンと相性がありまして、力が込めやすいのと込めにくいのがあるんです。鉛筆、シャープペン、クレヨンは駄目みたいで。それで今、主に使っているペンよりもっといいのがないかと色々試してみました。問題はないはずですけど」

山神のお墨つきゆえ、間違いない。インクが柔らかい方が比較的、力を流しやすいと知れて、いい発見になった。書いた物に惜しみなく金を払ってくれるのならば、できるだけ効果の高い護符にすべく日々試行錯誤中である。次は筆ペンを試す予定だ。

播磨は頷き「確かに」と納得し、色鮮やかな名刺を同型の薄いケースにしまう。祓う力を一時的に封印する物なのだと以前教えてくれた。素のままであれば、遭遇した悪霊を勝手に祓ってしまい、いざという時に使えない事態を避けるためだという。そんな心配があるのかと目が覚める思いであった。

いつもならば交換後、速やかに暇を告げる播磨であったが、席を立とうとしない。何か言いたそうに躊躇っているようだ。「どうかしました?」と湊が水を向けると、ややしばらく逡巡後、しどろもどろに話し出す。

「その……何か、変な、妙な事は起こっていないか？　……高圧的な男が来たり、妙なモノが家に来たり、だとか」

「いえ？　特に何も」

首を傾げる。実際何も変事は起きていない。傍らで大狼がそわそわと落ち着きなく巨躯を揺すり、軒から逆さまになった眷属テン三匹がこちらを凝視していたり。播磨が来たので一時的に屋根に上がった霊亀、風神、雷神が賑やかに呑んだくれたりしているが。いつも通り楠木邸の日常風景であり、極めて平和だ。

怪訝そうな湊の様子を見ながらも、いやに真摯な面持ちになった播磨が一度、山神の方を見やる。また湊へと視線を戻した。

「俺を目の敵にしている少しタチの悪い同期がいるんだが、ソイツに君の護符を見られて、目をつけられた。すまない。俺の行動を監視するために式神を使うようなやつなんだ。その都度始末しているが、人を雇われた場合は対処しきれない。……身辺に気をつけてくれ」

「……わかりました」

式神なる単語に大いに興味を惹かれたが、神妙に答えた。動かざること山のごとしを体現していた山神の視線が緩慢に動き、播磨を捉える。座卓に置かれた播磨の手に力がこもった。

「案ずるな。人間が愚かしい生き物なのは昔から何一つ変わらぬ。よく知っておるわ。たかが一匹の小物ごときに後れを取る我ではないぞ」

実に頼もしいお言葉であったが、涎まみれでは威厳の欠片もなかった。

○

田んぼの畦道を肩で風を切り、さもかったるそうに歩く一条が、道端に落ちていた空き缶を土もろとも前方へと蹴り飛ばした。

汗が滴るその顔は不快げに歪み、不機嫌さを隠そうともしない。いけ好かない優秀な同期、周囲からの含みを持った視線の数々。頭上から照りつける夏の盛りを過ぎてなお、いまだ活《い》きのいい太陽すら腹立たしいのだろう。空き缶に八つ当たりした程度で、苛立ちが収まるはずもなく。鋭く舌を打ち、数メートル先に転がした空き缶まで追いつくと、力任せに何度も踏み潰した。

子供染みた行動を繰り返す後ろ姿を、同期かつ幼馴染みの女が醒《さ》めた表情で眺める。いつものことだと、終わるのを傍に控えて待つ。零れそうになるため息を喉奥で噛み殺した。

ようやく土を蹴る音がやむ。土面にめり込んだ空き缶を踏みつけた一条が、前方を忌々しげに睨んだ。

緑深い山を背景に、ぽつんと建つ一軒の和風モダンな家。

なんの違和感もなく山の風景に溶け込み、まるで共生しているかのようにそこにある。二人の目指す目的の家だ。

一条が忌々しげに舌を打つ。

「何でこの俺がこんなド田舎まで出向いてこなきゃ、なッ！」

顔面に薮蚊《やぶか》の群れから特攻をかけられた。

「うっぜえッ、俺じゃなくてアイツんとこに行けよっ！」と女の方へと両手を振り回し追いやる。

理不尽な台詞《せりふ》を吐き、滑稽な動作を続ける着崩れたサマースーツの男を、女は無言で見つめた。わずかに眉をひそめ、拳を固く握りしめて。


女の名は堀川《ほりかわ》、一条家の傍流にあたる血筋の者だ。

本家の跡取りである一条に逆らえず、言われるまま、されるがまま、ただただ付き従う。まさに主人と下僕といった関係である。幼少期に出会った時に、堀川の地獄が幕を開けた。辛うじて手だけは出さないものの、嫌み、嘲笑がデフォルトの暴君に振り回される日々を送っている。先日、悪霊に捕らえられた一条を見捨てて逃げて以来、前以上に当たりがひどくなっていた。

「くっそ、口ん中入ったじゃねーか！」

道に唾を吐き続ける見苦しい様を堀川は胸中で嘲笑《あざわら》う。袖で口許を拭う粗野な仕草は、一応、名家の生まれにもかかわらず残念の極みだ。嫌々ながらもハンカチを出せば、一瞥《いちべつ》し「いらねえ」と鼻で笑う。捨てる羽目にならずに済んだと安堵し、ポケットへと戻す。気づかれないよう、ため息を夏風に流し、常に感じている苛立ちをやり過ごした。

一条が顎で家の方を示す。

「おら、さっさと行くぞ。ノロマ」

返事を待つことなく、背を向けて歩き出す。しばしの時間を置き、堀川は嫌がる足を無理やり動かした。

砂利道を過ぎ、二人は表門前に立つ。古式ゆかしい数寄屋門はまだ新しく、今時では珍しいだろう。

白い塀に囲まれた瀟洒な黒い外観の木造平屋。塀の外側には、家を護るように幾本もの巨木がそびえ立ち、枝葉を四方へと伸ばし、表門に木陰を作っていた。容赦ない日差しを頼もしく遮ってくれる樹冠だが、頭上からひっきりなしに蝉の声が降ってくる。まるで神社のようだ、と堀川は感じた。

「手間、取らせやがって」

斜め前の男が悪態をつく。

一条が一方的に敵視している同期の播磨が先日の任務時に使った護符は、異常とも言えるほどの速さと強さで怨霊を祓った。その恐るべき威力を目の当たりにした一条は、なんとしてでも護符の出所を知るべく播磨の行動を式神で監視しようとした。が、即座、看破され消し炭にされてしまう。幾度かの惨敗を得て、民間調査機関に依頼し、昨日、護符の制作者の住む家を突き止めた。取るものとりあえず勇んで赴いた次第だ。

門柱に掲げられた表札に『楠木』と彫られてある。ここで間違いないようだ。

形ばかり襟を正した一条が軽く咳払いし、インターホンを押す。待つことしばし。

応答なし。押す押す、応答なし。押す押す押す、応答なし。

うんともすんとも返ってこない。格子戸越しに見える玄関扉も開く様子はない。

もう少し間を置けばいいのに、と堀川は思いながらも、その口は真一文字に引き結ばれ開かれることはない。忠言などしようものなら、何を言われるか知れたものではない。余計なことは言わない、しないに限る。

だが。

見鬼《けんき》の才も、霊力も優秀とは言えない堀川でも、この家の異質さを知覚していた。断じて土足で踏み入ってはならぬ場所。無闇に近づいてならぬ場所だと、本能が大音量で警鐘を鳴らし続けている。

なぜ、一条は気づかないのか。なぜ、そんな傍若無人な真似ができるのか。到底理解できない。

こちらは先ほどから冷や汗が止まらないというのに。すぐさまここから逃げ出したい。

なれど自然に後ずさろうとする足を気合いだけでその場に留《とど》める。先日、叱責され、脅された内容を思い出す。今度また逃げれば、家族に累が及ぶ、と。

青ざめた堀川の傍ら、インターホンを呆れるほど連打した男が吐き捨てる。

「おいおい、まさか出かけてんじゃねえだろうな」

調査の結果、楠木湊は一人暮らしで、あまり家を空けることなく、日用品の買い物程度しか出かけないという。どうせいるに違いないと決めつけていた暴君が吼《ほ》える。

「ふっざけんなよ。わざわざこんな田舎まで出向いてきてやったんだぞ、この俺が！　出てきやがれッ！」

振りかぶった足が、前へと繰り出される。履き古した革靴が格子戸に触れそうになった直前。

——ちりん。

高く、澄んだ音。凛と響いた風鈴の音が、暴挙を止めるべく一歩前へと歩み出た堀川の耳にだけ届いた。

○

スカッと空を切った足に振り回された身体が、派手に地面へと転がった。

横顔、肩、腰を湿った土で強打。あまりに無様。羞恥を覚えた一条が瞬時に跳ね起き、よろけながら立ち上がる。

「ッんだよ、一体、なんだっつー……」

絶句。眼前の景色が様変わりしていた。

山だ。

なぜかおびただしい数の木々の合間にいる。視界に入るのは、緩やかな斜面にのびのびと生える数多の太い幹を持つ針葉樹ばかりだった。

「ああ？」

首を巡らす。どう見ても山の中腹辺りだろう。半開きの口で、見上げる。遥か高み、枝葉に細く切り取られた薄い青空が見えた。信じ難い光景に愕然《がくぜん》となり、首の痛みに顎を引く。昼なお薄暗い静まり返った山中には、誰もいない。あれだけうるさかった蝉も、すぐ傍にいた幼馴染みもいない。たった一人きりだ。

「な、なんでだよ、だって、今まで、門の前に、いただろ!? ゆ、ゆめじゃ、」

震える自分の声だけが深山に木霊した。戦慄く手で痛む頬に触れる。ざらざらとした土の鮮明な感触が、夢ではなく現実の出来事だと伝えてきた。

護符で式神を呼ぼうとポケットに手を入れて探るが、ない。確かに入れていた頼みの綱がない。一枚もない。慌てふためき、すべてのポケットを引き出し、くまなく探るも無駄に終わる。ならば、と苦手な印を結び、術を発動させようしても、無駄だった。何も起こらず、霊力を操れない。ただの一般人と成り果てていた。

なんで、どうして。幾度も壊れた機械のように繰り返し、頭を掻きむしる。程なくすれば、冷静になってくる。音がしない。するのは、己が発する音のみ。どこからも生き物の気配がしない。動物、虫、何一つとしてその息遣いを感じられない。

もしかして、ここはこの世ではないのか。

ぞくり、と背筋に震えが走った。

身も世もなく大声で叫んだ男が駆け出す。だが斜面を這う幾筋もの根に爪先を引っ掻けて転んだ。

倒れ伏し、首だけで振り返る。額から血を流し血走った目が、地面から浮き出た憎い根を捉えた。奇声をあげて起き上がり、踵で太い根を蹴りつける。

何度も、何度も。根が土から捲れ上がっても。

最後に木肌が剝げて折れた根を蹴り飛ばし、幹に叩きつけた。荒々しく肩で息を繰り返し、走り出す。滴る汗を撒き散らし、斜面を下っていく。倒《こ》けつ転《まろ》びつ、落ち葉を跳ね上げ、脱げた靴をはね飛ばし。麓を目指して、転げ落ちるように下っていった。

緑一色の連峰を茜《あかね》色が覆っていく。一段と暗さを増した山中、比較的緩やかな斜面に立つ太い幹に一条が凭《もた》れ、座り込んでいた。

どこまで下っても、終わらない斜面。変わらぬ景色。山を下りられない。

いつまで経っても麓にたどりつけず、夕焼けに気づき、とうとう足が止まってしまった。闇雲に山中を駆け下り続け、一体どれほどの時間が経過したのか。

木々の額縁の中、太陽が山間へと滑るように落ちていく。楠木邸に着いたのは昼前だった。恐らく七時間以上、彷徨《さまよ》い続けているだろう。

切り傷の入った両手で片足の膝を抱え、ただただ太陽を見つめ続ける。たとえそれが、己の知る太陽でなくても。尋常ではなく疲れているが、喉の渇きも空腹も感じない。あり得ない事態を受け入れられず、思考を働かせることすら脳が拒否していた。

薄汚れた両手で、血がこびりついた頬を包んだ。

「い、やだ、いやだ。もうたくさんだ」

悲痛な声が終わると同時、日が落ちた。辺り一帯、闇に包まれる。

――ちりん。

どこからともなく聞こえてきた、かすかな音。真の闇の中、淀んだ瞳に怯えの色が走る。

――ちりん。

音が大きくなった。音の発生源がわからない。前からなのか後ろからなのか。あるいは、右か左か。伸ばしていた脚を引き寄せ、腰を浮かせる。

――ちりん。

またも大きく。軽やかな、涼しげな、場違いな音。

少しずつ、近づいてきている。

破れた靴下を履いた足が地面を蹴った。よろめきながら駆け出して間もなく蔓延る根に躓《つまず》く。宙に投げ出され、風圧で巻き上がる髪、服、内臓が浮き上がる感覚。必死にもがく手は何も摑めない。

固い幹に全身を叩きつけられるまでの刹那の間。

あれは風鈴の音だ、との閃きが頭の片隅を過った。


空振った足が宙で弧を描き、軸足だけで踏ん張りきれず、一条が土の上へと転がる。

「いってッ⁉」

地面に側頭部をしたたかに打ちつけ、星が飛んだ。頭を抱えて悶《もだ》えることしばし。顔を上げ、滲んだ視界に数えきれぬ木立が入った。忙しなく瞬き、見上げる。所狭しと枝葉を伸ばす合間には、青い空があった。どう見ても、昼だ。

「う、そだろ。おれ、し、死んだんじゃ……」

つい先ほど、恐らく幹に全身を強打したはずだ。骨が砕ける音も聞いたはずだ。かつて感じたこともない激痛を思い出し、脈拍が加速していく。息がしづらく身体の震えが止まらない。あれだけの痛みを受けてなお、生きているなどあり得ないだろう。

現実ならば。

地面に打ちつけた左半身が鈍痛を訴えてくる。痛みを感じるというのならば夢ではなく、現実ではないのか。生きているのではないのか。

訳がわからず、小刻みに震え続ける男にさらなる追い打ちがかかる。止めどなく流れる涙で滲む視界に入ったのは、土から無理やり引き出されて千切れた太い根だった。つい今し方、無残に土から引きずり出されたばかり、といった土の形状、色と鼻をつく濃い土の匂い。揃いの土気色になった相貌で、恐る恐る視線を動かす。幹の傍、地に転がる根っこの破片があった。

元に戻っている。最初の場所に戻された。時間も、身体の状態も。何もかも。

早鐘を打つ心臓を押さえ、身体を丸めて泣き暮れた。

数時間以上泣き続け、泣くことに飽きた一条は、荒々しい足取りで斜面を下る。鼻先に垂れる蔦《つた》を手で払い退け、「蔦がうぜえ」と相も変わらず悪態をつきながら。悲嘆にくれて涙を流すだけ流せば反動で、怒りが込み上げてきていた。

「なんで俺がこんな目にあわなきゃなんねえんだ。ぜってー、麓まで下りてやる」

腫れた瞼の下の目は完全に据わり、鼻息も荒く気色ばんで燃えていた。

「あいつか？　あいつのせいか？　そうだ、そうに決まってる。いつも取り澄ました顔しやがって、ムカつくんだよ。何もかもお前が悪いんだ、播磨！　お前のせいだろ！」

木霊する裏返った声に何も応えは返ってこない。湧き上がった怒りに任せ、摑んだ枝をへし折る。

——……りん。

「なんだ、なんの音だ……？」

かすかに何かの音が聞こえた。が、大声で喚き散らし気が大きくなっている一条は、空耳だと片づけてしまう。

「それともなんだ、あの家のやつが、」

——ちりん！

耳許《みみもと》ではっきりと音が聞こえ、怯えて肩を跳ねさせた。

思い出した。前回この風鈴の音が鳴り、突然吹いた風に背中を押されて斜面を転がり落ちたことを。

ひゅっと息を吸い込んだ直後、背後からまたも暴風に叩きつけられた。声をあげる間もなく、摑んだ枝ごと急斜面を、弾みをつけて転がり落ちていった。

死に戻ること、既に七回。木立の合間、胡座をかいて座る一条が千切れた根を指先でくるくると回す。下っても、下っても、決して下れない。あと何度同じことを繰り返せばいいのだろう、よもや永遠か。震え上がり、激しく頭《かぶり》を振る。

図らずも力が入り、握り潰しそうになった根からゆっくりと力を抜き、静かに地面に置いた。息を潜め、耳をすませる。どこからも、あの風鈴の音色は聞こえてこない。条件反射で強張っていた身体から力を抜いた。幾度も深呼吸し、ころりと地面に転がる木肌が剝き出しになった痛ましい根を見つめる。

七回、死に戻った男は、ようやく頭を働かせ始めていた。

繰り返すうちに、わかったことがある。悪態をつき、山の物に傷をつければ風鈴の音が鳴る。そして暴風が吹いたり、巨木が倒れてきたり、巨岩が空から降ってきたり。強制終了させられることに。

片意地を張り続け、態度を改めなかった男が、ついに改心を決意した。縦横無尽に地を這う根の合間、比較的平たい箇所に正座し、手前の根と差し向かう。

「申し訳ありませんでした」

深々と一礼。下げたままの頭の下で、下唇を強く嚙みしめて、膝の上で握った拳にあらん限りの力を込めて。

風が吹き、垂れた前髪が揺れる。がばり、と勢いよく顔を上げた。くるくると回る根っこを手に汗握り見守る。徐々に回転速度を落としていき、やがて止まる。尖る先端が指したのは、山の上方。素早く立ち上がった。

斜面を登り始めると次第に山の様子が変わってきた。

針葉樹が無限に続いた下りと一転、広葉樹が続く。見慣れた広い葉を揺らす巨木の合間を進んだ。樹林帯を抜け、草薮を掻き分け、全身汗みずくで重い足を引きずり、山頂を目指す。緩やかな登りの緑のトンネル内に、自分の息遣い、踏み分けた草葉が立てる音だけが響いた。

やがてトンネルの先に平坦な道が見えてくる。

いても立ってもいられず、駆け出す。喘鳴を響かせ、雑木林から足を踏み出した。傷だらけの革靴の底が踏むのは、均《なら》された狭い道幅の山道だった。明らかに自然にできたものではなく、人工的なものだ。喜びに一時的に脚、肺腑《はいふ》の痛みを忘れ、口角を引き上げた。

左側を向けば、緩く曲線を描き、下方へと伸び、途中から丸太を並べた階段になっている。次いで、右側。下り道と打って変わり、急勾配の坂道が上方へと伸びていた。

一条の顔が曇る。急坂には行く手を阻むようにいくつもの巨岩が転がる。

「……どっちだ」

膝を折り、山道に座り込む。乱れてた呼吸が落ち着くまで、どちらを選択すべきか悩み続けた。

○

一人きりの食事は、ひどく味気ないものだ。

ダイニングで一人寂しく昼食を終えた湊が、椅子から立ち上がる。子供の頃から食事時はテレビをつけないのが習慣だ。己の立てる物音しかしないダイニングからキッチンへと足を向ける。テレビの力を借りなくても、会話が途ぎれることなく賑やかだった実家を思い、ふと息をついた。

静かな部屋で一人黙々と食すのは、今もって慣れないでいる。

シンクの前に立ち、数分で食器を洗い終える。一人分程度、さほど時間もかからずあっさり終わった。シンクに散る水滴を丁寧に拭き取る。あまり屈む必要もない高めのシンクは、こだわりが強く長身だった故人に合わせて備えつけられた物だ。至って使いやすく、気に入っている。

最後に手を洗い、タオルで拭きながら縁側を見やる。窓際に、寝そべる大狼の背中があり、微動だにしない。

近頃、山神は寝てばかりで、眷属たちも久しく訪れていなかった。珍しく起きた際、具合でも悪いのかと尋ねてみれば、何も問題ないという。ゆえに無理やり起こすような真似はしないが。

冷蔵庫から食後のおやつを取り出し、皿に盛りつけ、窓を開けて縁側へ。ことり。顔の近くにそっと置いた。すぐさまうごめく鼻っ柱。大きく上下する胸部。振られ始める尻尾。

嗅いでる嗅いでる。しゃがんで頬杖《ほおづえ》をついた湊がにやけて見つめる。くわっと両眼を見開いた大狼が「黒糖饅頭であろう！」と確信を持って叫び、ムクッと頭部を起こした。鼻先には、ピラミッドを形成した黒糖饅頭お供え物。両眼を細め、深く頷く。

「……やはりな」

「一緒にどう？」

「うむ。頂こうではないか」

時折、誘いはしていた。釣果は七割、まずまずといったところである。

ともに饅頭に舌鼓を打った後、またしても山神は瞼を閉じてしまった。特に憔悴《しょうすい》しているようには見受けられず「ま、いっか」と二つの皿を持って立ち上がり、庭を見やる。視線の先には、ひょろりとした一本のクスノキがある。種から急激に育ち、それから全く成長が見られない。

青葉がついていることから、元気ではあるようだ。山神も大丈夫だと言っており、心配はいらないのだろう。しかし、どうにも気にかかり眺めていると、不意に気づく。

「……最近、動くの見てないな……」

しばしば風に揺られ、戯れるようにざわざわと枝葉を動かしていたのに。

「……風が吹いてないからか」

そのうえ、久しく風鈴の音も聞いていないことにも、気づいてしまった。しばらく無風の縁側に立ち尽くし、軒先に下がる風鈴を見つめていた。

○

一条が嫌がらせに近い急坂道を登れば、祠があった。

なんの変哲もない、ありきたりな古びた石造りの祠の前に立つ。だが期待感がわき起こり、落ち着いていた心臓が高まっていく。苔一つない祠の中を覗いてみれば、丸い石が三つあり、一つは真っ二つに割れていた。

この祠が元の世界へと戻れる場所だという保証はどこにもない。

けれども、ここから先の道は大岩が道を塞ぎ、登るのは不可能に近い。やるしかないだろう。

プライドだけはエベレスト級、謝罪の経験などほぼない男が片膝を地につけた。正座して一度背筋を伸ばし、三つ指をつく。ゆっくりと頭を下げると、汗で束になった前髪が土についた。

「伏してお願い申し上げます。お願いします、俺を、俺を元の世界へ帰してくださいっ、元に戻してください！」

何度も、何度も、何十回も。土下座して地に額を擦《こす》りつけ、乞い願う。腹の底からありったけの声を張り上げて、嘘偽りのない真摯な思いを込めて。

されど山に反射した男の必死な声は、自分に虚《むな》しく戻ってくるだけだった。

事態は何も変わらない。風もなく、風鈴の音もない。それでも、一条は諦めない。傷つけた山の木々、葉、蔓《つる》、根へ向けて、申し訳ありません、すみません、ごめんなさい。自分が知る謝罪の言葉すべてを繰り返す。ただただ、繰り返した。

徐々に、徐々に声が小さく掠れていく。それでもなお、嗄《か》れた声を吐き出し続ける。震える両手で土を握りしめ、声を振り絞った。

「山の神よ、どうか、どぅか、お願いしますっ、俺を、」

〇

「帰して！　く、ぅわっ！」

よろめいた身体は、腕を引かれたことにより転倒を免れた。たたらを踏み、体勢を立て直した一条は、眼前の数寄屋門に気づく。大きく身震いした。

「何、言って……？」

片腕に添えられたほっそりとした手の持ち主が小声で問う。背後を見やれば、そこには、見慣れた幼馴染みの顔があった。鉄面皮の堀川が浅く眉を寄せている。通常であれば能面だの、陰気くさいだの、罵っていたその顔を見て、どっと安堵が押し寄せてきた。

「……も、もどった」

震える声でたどたどしく呟き、片手で身体の至る所を探るように撫でる奇妙な挙動を繰り返す。先刻までの威勢はどこへやら。あれだけ傍若無人に振る舞っていたというのに。

堀川にしてみれば、格子戸を蹴りつけようとした一条が、突如、後ろへ飛ぶ勢いで下がってきたのだ。初訪問の他人の家、得たいの知れぬ雰囲気の家への、神をも恐れぬ所業。それを止めようと手を伸ばしたところに、ちょうど腕が来たので支えたに過ぎない。あげく大声で帰してなどと叫び出す始末。訳がわからず面食らう。

間近の顔が泣きそうに歪む。暴君の突然の変貌が微塵も理解できない堀川は、気味が悪そうに腕から手を離した。

距離を取るべく二歩ほど後退すると、一条が二歩前進してきた。三歩横に逃げる、斜めから三歩寄ってくる。

ざざっ、ざざ！　と踏まれ続ける砂利の音だけが、しばし門前で鳴った。

いつまでも、振りきれない。このままでは、すがりつかれそうだ。想像しただけで怖気《おぞけ》が走る。

やだ、怖い。誰か助けて。神様、仏様、お母様！　誰でもいいから！　それになんなの、その安心しきった薄気味悪い顔は。私に近寄らないで！

そう言えない自分が、情けなくて、歯痒《はがゆ》くて荒れた下唇を強く噛みしめた。その時。

――ちりん。

家から聞こえてきた音で、劇的に状況が変わる。

凛と高く鳴った音色が聞こえるやいなや、一条の顔が赤から青に急変し、脱兎《だっと》のごとき勢いで逃げ出した。音高く砂利を蹴立て方々へ跳ね飛ばし、数歩大股で進んだ先で、スッ転ぶ。ズザーッと横倒しで派手に滑り、砂利を掻き分けて長細い穴を作る。即、跳ね起き、舗装されていない道を疾走。みるみるうちに遠ざかり……また、転んだ。豊かに実る田んぼの稲穂たちに隠れ、見えなくなった。その上を赤とんぼの群れが横切っていく。

幼馴染みの本気走りを初めて目にし、堀川は呆気《あっけ》に取《と》られていた。

背後から風鈴が連続で鳴り響く。

なぜか、今し方聞こえた時に感じた身体の芯が凍えそうな恐ろしさはない。ただの風鈴の音が、やけに荘厳な調べのように感じられた。

なぜか、呼吸がしやすい。かすかに笑みを浮かべた堀川は、目を閉じ、涼やかな音色にしばらく耳を傾けた。

○

「まったく喧しい輩《やから》よ。はよう去《い》ねばよいものを」

大狼は目を開けざま、ぐるぐると喉を鳴らし、鼻梁に深い渓谷を刻んだ。

山神は鬱陶しい一条を追い払うべく、風鈴を掻き鳴らしたに過ぎない。結果的に堀川を助けることになっただけだ。山神にとって己に敬意を払わない人間が、どうなろうと知ったことではない。気にかけてやる気も毛頭ない。

普段から神の存在を信じてもおらず、どころか馬鹿にしておきながら困った時だけの神頼みなど、片腹痛い。そんな調子のいい願いに耳を貸す気など更々ない。

神とは人間にとって都合のいい存在ではなく、呼べば飛んできてくれるお手軽なヒーローでもないのだから。

目覚めたばかりの山神は、ご機嫌麗しくないようだ。

玄関チャイム連打など一つも耳にすることなく、座卓に向かっていた湊が無言で室内へと戻っていく。ふたたび現れたその手には、きんつばが載った皿。見るまでもなく、匂いで気づいた大狼の逆立っていた毛が大人しくなった。

人間一人分の精神のみを神域に閉じ込めるため、神力を使い過ぎた山神は、一時、眠りにつかねばならない。その前に英気を養う気満々である。

「頂こう」

「どうぞ」

ばったばったと忙しなく振られる尻尾を見ながら、湊もきんつばに楊枝《ようじ》を刺した。

〇

性根のねじ曲がったタチの悪い人間が、たかだか数ヶ月程度の短期間で容易《たやす》く心を入れ替え、聖人君子になれるはずもなく。人間、喉元過ぎれば熱さを忘れるものである。一時的に鳴りを潜めていた一条のモラハラが、最近また見られるようになっていた。

昼食後、国に属する陰陽寮部署内の一室。ブラインドが下ろされた室内の一角で、一条がポケットに両手を突っ込み、大股を開いて自席に座る。その対面、最近やや雰囲気が明るくなった幼馴染みの堀川が、スマホを眺め続けていた。

ちらほらと周囲の席にいる同僚たちが、険悪な雰囲気を放ち始めた一条へと控えめに視線を向けている。一様に何かを期待して待っているような、妙に浮わついた空気が漂う。

そんな周囲の様子を、一条は何も気づいていない。何を言っても生返事しか返さない、幼馴染みに苛立っていた。

「アイツとは駄目だっつってんだろ。行くんじゃねえって」

「無理です。仕事なんで」

「最近のお前は、かわ、あー、いや、ちがっ、ふ、太ったから前以上に足手まといになるだけだろ」

バキッと小気味よい音。ボールペンを音高くへし折ったのは、近くの席にいた歳若い女性だ。美しくネイルが施された手が、真っ二つに折ったボールペンを足元のゴミ箱に、叩き入れた。すかさず椅子を後ろへ下げる。立ち上がりかけたその細肩を、隣席から素早く伸ばされた手に鷲掴《わしづか》まれる。椅子に縫い止められた。立てぬ。

万力のごとき力の持ち主に鋭い目を向ける。そこには中年に差し掛かってもなお、美しさを保つ女性の至って涼しい顔。仲のよい先輩への暴言に堪えきれず、般若《はんにゃ》と化した女性から禍々《まがまが》しいオーラが放たれる。

止めてくれるな、姉上よ！　今日こそあのモラハラヘタレ野郎ぶっ潰す！　と般若から無言の訴えを受け、年かさの女性が首を振る。鮮やかな紅色唇の片側をつり上げ、ビューラーマスカラなしでもくるんと上向きバサバサまつげの下から、意味ありげなメッセージを放つ。

しばし、待たれよ。

ハッとその意味に気づいた般若が楚々《そそ》とした令嬢に舞い戻り、にんまりと笑う。無言で頷き合う、よく似た面差しの播磨姉妹であった。


基本的に任務は二人一組で当たることになっている。一条は近頃とみに気になる堀川が、己以外の男と組むのが気に入らない。なんと言っても今回の相手はあのにっくき播磨である。行くな断れ、と私情を挟みまくった命令をしていた。しかしその焦《じ》れったい感情が、どこから来るものなのか理解していない。周囲は情緒未発達の一条に、日々生ぬるい視線を送っている。

にべもない堀川に対し、一条の苛立ちが増していく。

スマホを見つめ、流れ落ちてくる髪を耳にかける堀川も無論、一条の淡い想《おも》いに気づいていない。

「おい！　いい加減にこっち向けって、」

――ちりん。

途切れた罵声。息つくまもなく、膝裏で椅子を蹴倒した一条が身を翻す。必死の形相で机と壁の合間を駆け抜け、部屋を飛び出していった。疾風で捲れていた壁に貼られた紙片が、順に元の位置へと戻っていく。

これで数日は大人しくなる。

億劫そうに立ち上がった堀川が、さも面倒くさそうに倒れた椅子を戻した。それから肩を震わせている男性陣と、サムズアップを向けてくる女性陣に向き直る。

「お騒がせして、大変申し訳ありませんでした」

一転、晴れ晴れとした笑顔で謝罪した。その艶かな口唇《くちびる》の両端は上がりっぱなしで下がる様子はない。

隣席の葛木が呆れたように告げる。

「効果抜群だねえ、ただのスマホの着信音なのに」

「これの何が怖いんでしょうね。いい音なのに」

大切な宝物を抱くように両手でスマホを胸に抱き、血色のいい頬を綻ばせて笑う。

「ほんとだねえ。俺も念のため入れとこ」と葛木がスマホを取り出した。

第7章 少しずつ変わりゆく日々

夕食後。山神が太い前足でガラスボウルを抱えるように持ち、炭酸水をかぶ飲みする。「うまひ、うまひ」と舌の痺れを楽しむ。その様を対面に座った湊が湯呑《ゆの》みを傾け、眺めていた。

炭酸水を飲み上げると、急須を見やる。湊が無言で急須を持ち上げ、耐熱ボウルにドボドボと注ぐ。くゆる湯気に鼻をひくつかせ、満足げに尻尾を振った。

「山神さん、ボウルじゃ飲みにくくないか」

「いや？　問題ないぞ」

程よい厚みと重み。うまく抱えているため問題ないといえば問題ないだろう。しかし、神が使う器《うつわ》が料理用耐熱ボウルなど、絵面が如何なものかと今更ながら思う。

座卓に湯呑みを置いた湊が、腕を組んで首を捻る。

「どんぶりにすべきか。……いや、違うな、やはり湯呑みであるべきだろ」

神にはそれ相応の物を、と悩む姿を山神が眺めやる。

「我はこのぼうるで一向に構わぬがな」

さほど興味もなさげに呟き、顔をボウルへと突っ込んだ。

そんな山神だったのだが。

「ほう、これが萩焼《はぎやき》なる物か。この温かみのある色合い、ぬう、よき。ほほう、こちらが織部焼《おりべ》なる物か。実に様々な形状があるものよな。うむ、味がある。よき」

町の商店街大通りを外れた一角にあるうつわ屋に着いた途端、抹茶碗《わん》コーナーへとまっしぐらだった。広い店の中央に設置された台の上、ゆとりを持って陳列された抹茶碗を真上から下方から横から、つぶさに観察する。その眼は真剣そのもの。

興味ありまくりではないか、といささか呆れた湊が、万が一に備えて緋毛氈《ひもうせん》が敷かれた台へと歩み寄った。

基本的にゆったりとした動作で、触れないように気をつけてもいるため、そこまで心配はいらないようだ。

「唐津《からつ》焼、まことに素朴。だが、それがよき」とぶつぶつ呟き、瞬きも惜しいとばかりに、かぶりつきで吟味に夢中だ。妙に詳しい。昨日、長時間に渡り雑誌とノートパソコンを眺めていたのは、恐らく前知識を仕入れていたのだろう。事前準備を怠らぬ抜かりのない神である。忙しなく耳を動かし、悩んでる様子を温かく見守った。

湊も何かしらの物を買う際、家族に呆れられるほどの時間をかけて選び、金に糸目をつけない。おかげで持ち物はお気に入りの物ばかり。それを使い倒す。十年以上使用している物もザラだ。ゆえに山神が気に入る物に出会えるまで付き合うつもりだった。

平日の開店して間もない時間帯、やや敷居《しきい》が高いうつわ屋の店内には、他の客は一人もいない。出入り口付近のレジカウンターの向こう側で、安楽椅子に深く身を沈めた老いた店員が一人いるだけだ。こちらを気にせず新聞を広げて寛いでいる。あまり商売っけはなさそうだ。蘊蓄《うんちく》を語られ、ついて回られることもなく、思う様時間をかけて好みの物を選べるだろう。

気兼ねなく山神とともに、少しずつ陳列棚前を移動しながら見て回る。抹茶を点《た》てなくとも大狼使用サイズとなれば、抹茶碗しかあるまい。山神も抹茶碗にしか興味がないようだ。

店内すべての抹茶碗を見尽くした山神が、中央の台へと戻っていく。そうして迷いなく鼻先で黒楽茶碗を指し示す。

「これを」

「はいよ」

並ぶ茶碗《ちゃわん》の中、別格扱いされている一際目立つそれを選ぶあたり、実にらしい。納得しかない湊が、店員へと声をかけた。

お次は布団屋。いつも己だけが座布団に座り、若干居心地の悪さを感じていた湊は、座布団も一緒に購入しようと考えていた。またも山神は渋るポーズを見せた。だがいざ入店すれば元気に尻尾を振り、脇目も振らず店奥の座布団コーナーへと直行する。あまりのわかりやすさに湊が苦笑した。

大狼が見本である手のひらサイズの小座布団を押して、叩いて綿の具合を確かめる。さりげなく指先で参加し、不自然さをカモフラージュした。しかし店半分を占める座敷の寝座椅子に座す白髪の翁は、黙々と手縫い仕事中で何も気にしていないようだ。

「ぬぅ、これではちと足りぬ」

みっしりと詰まった見本の小座布団を湊が手繰り寄せる。ふみふみとデカイ前足で押して確かめ、目を閉じて頷いた。

「よき、塩梅」

お気に召したご様子から、すんなり決定する。色は迷うことなく高貴なるモノの色である濃紫一択である。そこは湊が譲らなかった。色に関してはどうでもいい山神は、翁の前に堂々と座り込む。

手縫い途中の座布団生地を遠慮なく撫でた。

「……うむ。このすべらかな手触りも捨てがたいわ」

感触を確かめ、感心したように唸る。

山神の巨躯に合わせたサイズは当たり前だが特注になった。もう布団だな、と湊は思う。結構な金額になったものの、山神に抜け毛はなく、毛まみれになることはない。暇潰しに齧《かじ》るわけもなく、きっと末長く持つだろう。抜け毛がないのは眷属も同様で、管理人的にとても助かっている。

明かりを絞られた店内から外に出れば、角度が上がった太陽のまばゆさに湊が目を細めた。

早朝に比べ、格段に行き交う人が増した通りに足を踏み出す。傍らを見やると、お天道様《てんとうさま》といい

勝負の燦然と輝く白い体躯がある。さらに糸目になった。

「そろそろサングラスを買った方がいいものか」

「さんぐらすとは、あの者がしている物だろう」

前から歩いてくる黒眼鏡をかけた青年に黒い鼻先を向ける。知っておるぞ、と得意気な山神が
ゆったり進めば、サングラスをかけた青年が、自《おの》ずと避けて道を空けた。時刻は昼餉《ひるげ》にはまだ早い時間だが、かなり人通りが多い。にもかかわらず、優雅な足取りで歩む大狼の行く手を阻む者は誰もいない。人垣が左右へと裂けるように割れる。さながら異国の民族指導者が起こした奇跡、海割りのごとく。


意図的に姿を隠している山神であるが、うっすら神威を放っており、人は本能で察知して避けるのだ。なんとも不思議な光景を、のんびり歩きながら湊は感心して見ていた。


前方からぬるい風が吹き、白い長毛がなびく。

「わあ、すごくいい香りがする」

後ろを歩いていた黒髪の娘が立ち止まり、はしゃいだ声をあげた。つられて足を止めた、ともに歩いていた同じ年頃の娘が周囲を嗅ぎ、怪訝な顔になる。

「え、わかんない。どんな匂い？」

深呼吸した黒髪の娘が淡く微笑んだ。

「山の香り」

「えー、……しないよ……」

「わからない？　すっごくいい香りなのに」

遠ざかっていく会話を聞くともなしに聞いた湊が軽く笑う。どうやら片方の娘は山神の香りに気づいたようだ。

実は山神、森林の香りがするのである。

常にその身から振り撒かれているフィトンチッドは、人に安らぎと癒やしを与えてくれる。おかげで山神が縁側に居座る楠木邸は、芳香剤要らず。窓を開けておけば室内でもその恩恵を受けられるというお得具合だ。

歩調を緩めることも、止めることもなく金物屋の前を通り過ぎる湊の視線の先、隣の八百屋の店先に置かれた椅子に老女が腰掛けている。

以前、山神から聞かされた。いくら神が姿を隠そうとも、信心深く心の綺麗な者には五感のどこかで知覚されてしまうのだと。先ほどの娘しかり、眼前にいる店番中の老女しかり。

野菜が山と積まれた前を、大狼がしゃなりしゃなりと歩む。木椅子の背凭《せもた》れに曲がった背を預け、うたた寝中だった老女が弾かれたように目を開けた。重く垂れ下がる瞼を限界まで持ち上げ、眼前を通り過ぎる山神を凝視する。やにわに両手を合わせて拝み始めた。

黄金の眼が、一心不乱に念仏を唱える老女へと流れる。ぱちりとまばたきすれば、星屑《ほしくず》が散った。するとまるで落雷を受けたように老女が姿勢を正し、声もなく落涙。店奥から少しばかり年嵩《としかさ》の娘が出てきて悲鳴じみた声をあげた。

「母さん、どうしたの!?　どこか痛い？　え、待って、なんでそんな背筋伸びてるの、二十年ぶりぐらいに見たわよ」

ピシリと背筋が伸びた母親のもとに慌てて駆け寄った。

両側に様々な店が建ち並ぶ通りを、何事もなかったように山神と湊が並んで歩いていく。魚屋の店先、台下で丸くなっていた茶トラの猫が、ぱちっと眼を開けて起き上がる。畏まって座り長い尾を体に巻きつけ、一人と一柱の姿が小さくなるまで見送った。


買い物を終え、本日最大の目的場所、越後屋へと向かう。

アーケード通りの真ん中を悠々と闊歩する大狼の足取りも、心なしか軽い。微笑ましいと湊が思った矢先、山神が不快そうに鼻筋に皺を寄せ、喉を音高く鳴らした。

「ぬう」

立ち止まり、大通りを横切る路地へと厳《いか》めしい顔を向けて唸り出す。湊もそれに倣い、細い路地の先を見つめた。

「……いるんだ」

「堪らなく匂うわ」

こうも露骨に不機嫌さを露にする理由など容易に想像がつく。悪霊が巣食っているのだろう。山神御用達の越後屋は、同じブロックにある。湊がボディバッグからメモ帳を取り出した。

「厄介そう？」

「雑魚程度」

方向転換し、路地へと進む大狼の横に並ぶ。

アーケードを通して降り注ぐ太陽光で明るい大通りから一歩、蛇行した横道へと入ると途端に薄暗さを感じる。いくら直接自然光の恵みを受けようとも、拭いきれない荒廃とした雰囲気が漂う。空気もじっとり湿っているように感じられた。

古びた家々の合間に、二階建てコンクリート打ちっぱなしの建物があった。玄関脇に掲げられた縦長看板には、学習塾と書かれている。片側が外れ、斜めに傾いで今にも外れそうだ。玄関ガラス扉には亀裂、一階、二階の窓は割れた箇所が目立つ。そこから瘴気がどろりと漏れ出し、建物全体を覆っていた。大狼が忌々しげに軽く毛を逆立てる。

瘴気は視えずとも紛うことなき廃屋を前にして、一瞬足を止めた湊だったが、玄関口へと突き進む山神を追った。


少しずつ効果を上げてきた護符は、ささやかな悪霊のたまり場など物ともしない。

瘴気で薄闇に染まる建物内に、湊が一歩踏み入ると、瞬く間に晴れる。傍らを歩く山神が愉悦の表情を浮かべ、喉を鳴らして嗤う。明るくなった吹き抜けの玄関ホールに、重低音が反響した。

先導する山神が階段を三段飛ばしで上っていく。一段ずつ上る湊に襲いかかってくる悪霊が、その身に触れることなく消し飛んだ。至って普通、軽い足取りの湊が二階に到達する。逃げ遅れ、階段上部にわだかまっていた悪霊が、あえなく掻き消された。

廊下に面した部屋の扉は、全部開け放たれている。廊下に散るガラス片を極力避け、手前の扉をくぐる。机、椅子等備品は撤去され、がらんとしていた。のんびりと一周し、薄暗かった室内を明るく変えて扉へと向かう。

湊が見渡すと、天井と壁には汚れ、ヒビ、割れなど特に見当たらない。

「建物はまだ十分使えそうだ」

「建物だけならな」

「もったいないなぁ」

だらだらと話し、室内徘徊《はいかい》を繰り返す。最後に訪れた部屋の片隅、誰かが持ち込んだのであろう、食料品の残骸があった。未開封の物もある。もしかすると路上生活者が入り込んだのかもしれない。

山神がそれを流し見る。

「ここには、さして長くはおれんかっただろうよ」

「……そういうもの？」

慌てて逃げ出したのか、散乱している。なぜこの場から何者かが逃げ出さなければならぬ事態になったのか。その原因が霊障によるものだとは、湊には想像がつかない。穢れ耐性が高いため、霊障とは縁もゆかりもなく、理解もできない。

山神が不可解そうな湊を促し、部屋へと背を向ける。

「人の身はあまりに脆弱《ぜいじゃく》」

「そうだね」

「我とてそう偉そうなことは言えぬが」

「まあ……うん」

微妙な顔になってしまう。寝る時間が途轍《とてつ》もなく永い怠惰な太古の神は、少々寝すぎたと起き出した時には、時すでに遅し。山を貫くように通る霊道の浄化を怠ったばかりに悪霊が溢れ返り、喰い合い怨霊化していた。弱り目に祟《たた》り目。元より衰えた力では為《な》す術《すべ》もなく、居座られ、のさばられてしまったのだから。山神が堕ち神になる前に、間に合ってよかったと湊は思う。


階段を下りて、一階へ。

廊下はどこか寒々しく、放棄された建物特有の物悲しさを覚えた。一階もくまなく歩き回り、最後の部屋になった扉前、山神が廊下で止まった。冷厳な眼差しで片隅の黒々とした塊を見据える。

膝を抱えた小柄な人型が、その輪郭を震わせていた。

大狼が扉をくぐる。静かに、厳かに、足音もなく、ゆっくりと近づいていく。

「悪霊とは穢れ堕ちた霊魂の成れの果て。肉体を失い、行くべき場所へと行きもせず、生前の感情に引きずられ、未練たらしくこの世にしがみつく、愚かで哀れなモノの末路だ」

湊は廊下から動かない。その手に握るメモ帳が煌々と翡翠色の光を放っていても。いまだ十分に祓う力が残っていても。ただ黙して白い神だけを見つめて、その重い声を聴いていた。

眼前の震えるだけで抵抗する様子もない塊を、神たる獣が見下ろす。両の眼を眇め、金色《こんじき》を纏う前足を振り上げた。

「我に祓われることをありがたく思え」

勢いよく振り下ろされる。触れたと同時、黒い人影が淡い金の光に包まれ、溶けるように消えていく。その光景は静粛で、どこか穏やかでもあった。

山神の力は、浄化の力。湊の力は消滅させる力。無に帰す力だ。

神により、魂の穢れを浄化され、強制的に輪廻《りんね》の渦に戻されるのが幸せなのか。湊により、跡形もなく消滅させられるのが幸せなのか。それはたとえ神であろうと知り得ぬことだ。

ぺぺペッとさも穢らわしそうに前足を払った大狼が、踵を返した。


玄関外から薄黒いベールを脱いだ元学習塾を、一人と一柱が見上げる。大狼が尻尾を揺らめかせた。

「うむ。よかろう」

「じゃ、行きますか」

満足げな白い狼とひょろりとした細身が背中を向け、路地の先の大通りを目指して歩き出す。背後で縦長の看板が地面に落ち、パタリと前に倒れた。


そこのけ、そこのけ、山神様が通る。

自然に人を押し退《おの》け、いそいそと向かった先は無論、甘酒饅頭がウリである越後屋だ。

老舗という冠に恥じない、古めかしい純和風造りの店舗に着いた。扉横の日除《ひよ》け幕に毛筆体で〝越後屋〟と書かれている。一通り店構えを眺めた大狼が耳を倒した。

「うむ。変わっておらぬな。相も変わらずのボロさよ」

「ひどい」

「いつ訪れてもボロいとは、これ如何《いか》に」

「改装を繰り返してるようだから、タイミングじゃないかな」

山神は数百年ぶりらしいのだが、ほとんど変化がないという。湊も何度か訪れており、馴染みの店だ。通りにまで甘やかな香りが漂っている。暖簾《のれん》を掻き分け、ひっきりなしに鼻を鳴らす大狼とともに扉をくぐった。


ささやかな広さの店内には、客が一人もいない。

和菓子が陳列された長台の奥にある厨房《ちゅうぼう》から、いらっしゃい、と嗄れた声が聞こえた。こちらに背中を向け、忙しげに働いている。店内の真ん中に座った山神が、静かに見守る。その視線に一向に気づくことなく、白衣の越後屋十二代目が蒸し上がった蒸籠《せいろ》の蓋を開けた。

一時期の激やせが嘘のように、恰幅《かっぷく》のいい体躯。深く刻まれた皺はあれど、健康的に艶めく相貌。むせ返るほどの蒸気を浴び「おお、ええ感じじゃ」とふっくら蒸し上がった甘酒饅頭に、さらに皺を深めた。

湊が山神の隣に並ぶ。以前一度だけ見た際、痩せ細っていた翁が、別人かと見紛うほど変わっていた。立派な太鼓腹を揺すり、笑っている。

「……お元気そうで、何より……？」

「越後屋め、調子に乗りおって」

逆の意味で心配な身体つきになっていた。

眼を据わらせた大狼が、盛大に嘆息する。

「あやつは臓腑《ぞうふ》が傷んだばかりに、好物の揚げ物を一切食べられなくなってな。すっかり意気消沈し、身も心も弱っておったのよ」

ついでに言えば、ラーメン屋巡りが趣味で、汁一滴すら残さず平らげる健啖家《けんたんか》であった。

人は生まれし時に、死を定められた生き物である。産声《うぶごえ》をあげた瞬間、すでに死ぬ日時は決められている。山神はその理《ことわり》をねじ曲げ、寿命を引き延ばすことはできない。ただ最期の時まで、健康で過ごせる身体にすることは可能だ。大いなる山神の御陰《おかげ》で、翁の傷んでいた胃腸は、見事、復活。思う様、食を楽しんでいるのだろう。いささか楽しみ過ぎているようだが。

蒸籠から饅頭を取り出しかけていた翁が不意に横を向き、湊を見やる。

「蒸したてがよろしいか」

愛想よく笑うその赤ら顔が、そこはかとなく悪事を企てているように感じるのは、なぜなのか。

妙に親近感を覚え、内心首を傾げつつ、視線を斜め下に流す。神が張りのある重低音で宣う。

「二パック」

「二パックください」

注文を受けた十二代目が片頬を引き上げ、ニタリとほくそ笑んだ。淀みなき動作で、甘酒饅頭をパックに詰める。ぷっくり膨れた艶《つや》やかな生地。甘いあんこの香り。止まらない尻尾が、店内の床の清掃に勤しむ。

「ちょうど蒸し上がったところだから、一個おまけしとくよ」

「ありがとうございます」

「そういえば、兄ちゃん、前もうちに来たことあるじゃろ。お山の近くに越してきたと言うておったか」

山神の御神体の方角を指差して訊かれた。肯定しながらも、よく覚えていたものだと驚く。

翁が慣れた手つきで、パックに輪ゴムをかける。

「もう、お山には入られたかの？」

「はい、何度か」

素早く出入り口へと視線を投げた翁が、声をひそめる。

「では、お会いになられたか」

「……誰とですかね」

「お山におられる御犬様じゃよ。御犬様」

「我、狼ぞ」

「……いえ、ないです。御犬様とは？」

嘘は言っていない。犬には会ったことはない、犬には。

おや、と意外そうに越後屋は、白髪の眉を上げた。

わずかに身を乗り出す十二代目には、山神の突っ込みの声は聞こえていない。湊はなんとなく察したが、あえて尋ねた。

なにがしかの悪事を打ち明けるかのごとく、越後屋は声を落として過去を語る。

「あそこのお山には、それはそれは親切な御犬様がおられるんじゃよ。あれはそう、ワシがまだまだ血気盛んであった頃、」

「洟垂《はなた》れ小僧であったわ」

「山中で迷うてしまいましてな。いやあ、若気の至りですな。当て所《あど》なく山を駆けずり回るうちに日も傾き、腹が減るわ、喉は渇くわ、疲れたわで。途方に暮れておれば、突然木立の間から現れた巨大な白い犬に吠《ほ》えられて、びっくり仰天。飛び上がって逃げたんじゃ」

「山頂に向かって逃げるうつけは、主ぐらいであったぞ。我は狼である」

「それから、地鳴りに似たひっくい声で何度も何度も、その犬に吠えられて」

「我、狼。主が明後日《あさって》な方向に、逃げ惑うからであろうが」

「しまいには、後ろから追いかけられて」

「ようやく軌道修正を図れて、我、一安心」

「必死に逃げて逃げて気がつくと、山の麓にたどりついておったというわけじゃ」

「長い、長い道のりであったぞ」

「その時になって初めて、麓まで送ってくれたのだと気づきましてな。まあ、登った場所とえらく離れておったがの」

「贅沢《ぜいたく》をぬかすな」

山神が、尊大に鼻を鳴らす。越後屋は懐かしそうに幾度も頷き、悪辣そうな笑みを浮かべる。湊は声をあげて笑うに笑えず、震えるしかなかった。甘酒饅頭入りの袋を、差し出されて受け取る。

翁がこそりと囁《ささや》いた。

「あれはきっと、妖怪『送り犬』じゃよ」

「我は山神であり、狼であると再三申したであろう。相変わらず主の頭には、おがくずが詰まっておるようだな」

呆れた口調ではあったが、どことなく優しくもあった。山神は、越後屋に姿を見せることも、声を聞かせることもやろうと思えば、すぐにできる。だがあえてやらない。聞こえていなくとも構わず、一方的に声をかけて愉しんでいるのだった。

それに送り犬ならまだしも、送りウルフ《狼》になると、字面があらぬ意味になってしまう。誤解は解くまいと湊は思う。

山神に気づかない越後屋は、片側の口角を吊《つ》り上《あ》げる。

「たとえ妖怪であろうと助けてくれたことに変わりないからの。ありがたいことじゃ。だからワシは、感謝を込めて御犬様と呼んでおる。送ってもらった場所にちょうどお地蔵さまがあってな、お礼としてそこによく饅頭を供えておるんじゃよ」

ククク、と悪代官もかくやの含み笑いとともに太鼓腹をぶっ叩き、波打たせた。

その間、山神はといえば、湊が手に持つ袋に釘《くぎ》づけだった。大狼様にチロリと上目で促される。

「俺も御犬様と会ってみたいです」と白々しく返し、お代を払った。「また買いに来ます」と声をかけ、ご機嫌な翁に見送られ、扉に向かう。

そこにちょうど、体格のいい少年が勢いよく、店内へと入り込んでくる。

「ごめん、じいちゃん。遅くなった」

「なに気にするな、部活の方が大事じゃろうが――」

一人と一柱が、揺れるのれんから離れると、越後屋十二代目と後継者である孫の十三代目の会話が遠退《とおの》いていった。

○

山の木々は赤に黄に色を変え、すっかり秋の装いへと衣替えを終えた。一方、楠木邸の庭は代わり映えのない春模様である。季節感丸無視のうららかな風が、クスノキの青葉を揺らす。

一仕事も二仕事もこなし、疲労困憊《ひろうこんぱい》の風鈴はようやく軒下から外された。ガラスに絵づけされた朱色の金魚たちが、ぐったりしている。そんな気がした湊は、丁寧に磨き上げて箱に仕舞った。今はウォークインクローゼットの奥深くで眠りについている。来年もまた活躍してもらわねばならぬ。しばしの安息を。

その代わりのように静かな庭に響く、しょり、しょりと規則正しい、固い物が磨《す》られる音。縁側の座卓に向かう湊が懸命に墨を磨る音だ。妙に眠気を誘う音だった。

先日、出来上がった特注巨大座布団に寝そべる大狼が、大あくびを一つ。

「……時《とき》がかかるものよな」

「そうだけど、効果は高そう」

何より、ただの水道水ではなく、神水を使っているのだから。

さらなる護符効果倍増を狙う湊は、試行錯誤を繰り返していた。

多様のペンを試した結果、一番力を込めやすかったのは、筆ペンだった。これで決まりかと思った矢先、播磨から高級書道セットを渡された。素人目にもわかる格調高き筆、十本。ずっしりとした重みがプレッシャーを与えてくる硯。初心者には、贅沢過ぎる代物の数々であった。

もったいない気もするが、使わぬ方がもっともったいない。

ネットでやり方を調べ、覚束《おぼつか》ない手つきながらもやり始めれば、早くもコツを摑んできていた。

小器用な男である。

「墨のいい香りがしてきた」

とろみがついた墨液に、小振りの陶器製水滴から神水をちょろりと足し、また磨っていく。

「なんか落ち着く。写経にも挑戦してみようかな」

「よいかもな。その和紙を使えばなおのこと」

山神が視線を向けた先、座卓の端に置かれた和紙の束がある。大判から名刺サイズまで、大小様々な厚地の和紙も、もちろん播磨から贈られた物だ。

先日訪れた播磨が鞄《かばん》から和紙を取り出した瞬間、山神が鼻を鳴らした。山神の山からとれた、楮《コウゾ》を使って作られた物だという。己の山の物だと即座にわかるなど、鼻が利き過ぎではないか、と湊はびびりつつも感心した。播磨はかなり緊張していたようだが、山神が怒ることはなく、渡すだけ渡してそそくさと帰っていった。相変わらず長居はしない男だ。

さておき、あちらが、もっと効果が高い物をお望みならば、より気合いも入ろうというもの。

そろそろいいか、と黒々とした墨液におろし立ての筆を浸した。まばゆい白さの和紙に穂先をつける。

「お、滲まない。安物の筆ペンとは違うもんだな」

鮮明な墨色が白紙によく映えた。いまだ固いペンとは異なる、柔らかい筆の扱いには慣れていない。けれども流れるように文字を綴るのに合わせ、祓う力も込めやすく表情も綻んだ。

力の流し方を変え、幾つか書き上げた。最初と最後の物を両手に掲げ、山神へと向ける。

「どう?」

「うむ。右の物が格段によい。最後まで均等に力が込められておる」

「そっか。ありがと」

山神は懇切丁寧にアドバイスはしないが、湊では確認できない護符としての仕上がり具合を見てくれる。湊は祓う力の込め具合は上手くなっても、最終的に護符としての出来を確認することはできない。

視る才は、からっきし。鍛えたところでさほど変わるまい、と山神から宣告され、そちらは諦めている。湊は陰陽師を目指しているわけではない。己の祓う能力の精度を高めていけばいいと思っている。

弘法《こうぼう》、筆を選ばず。とはいうが、やはりよい筆は、書き味が違う。他の筆も試そうと次に手にしたのは、白い獣毛の筆。鼬《イタチ》の毛だと気づいたテンたちが、複雑な顔をしていた代物である。

「……いい。書きやすい」

満足げな湊を、ちろりと大狼が愉快げに見やった。今日は来ていない彼らが耳にせずに済み、幸いだったかもしれない。

「あの子たち、元気にしてる？」

「あり余るほどにな」

現在、眷属たちは修行の真っ最中だ。以前行き合った穢れの塊に為す術もなく、怯え震えるだけだったのが相当悔しかったらしい。そんな彼らから志願し、穢れへの耐性を上げるべく励んでいるという。修行の内容は教えてくれないが、遊びにくるたび、頼りがいのある雰囲気になってきているのがわかり、成長を感じていた。

山神と彼らは繋《つな》がっている。日々、楠木邸でまったり過ごす山神だが「ぬぅ、遅いわ！」「ちとよくなってきたではないか」「だが、甘い！」等々、突然叱《しっ》咤《た》激励の言葉を発するようになった。独り言が多いのは今に始まったことではないが、近頃頻度が高い。

美しい円錐《えんすい》状の穂先が、すべらかに、軽やかに特別な力が込められた字を、紡ぎ出していく。

「見て、コレ」

そうして掲げられた、はがき大の和紙に書かれた文字は。

〝山神〟と〝亀〟。

揺らめく翡翠色の光を宿す護符を目にした山神が、重々しく頷いた。

「うむ。よいよい」

「さっきのよりも？」

「ああ、先の物より格段に長く保つであろう。しかし一つ言うなれば、あやつの名は、霊亀よ」

「え、そうなんだ。そんな立派なお名前をお持ちだったとは」

「霊験あらたかな神の一柱であるぞ」

「それは、わかる」

しみじみと湊も傾く。先の幸運続きの件は、霊亀のおかげに違いないと、後日気づいた。

あれからも変わらず酒関係の強運が続き、嫌でも気づいた。いつ酒屋に赴いても、タダ日本酒をもらえ、入手困難の珍しい酒も買える。それが常態化していた。霊亀の我欲に忠実過ぎる酒の引き寄せは底知れず、ある意味恐ろしい。

山神が横たえていた巨躯を起こし、座卓の一角につく。

「どれ、我の名を書いたその紙をこちらへ」

山神の前へと毛氈ごと移動させる。硯も、と言われ、前に持っていく。

躊躇いなく、ぺとっと肉球をつけ、和紙の左下に、ぼてっと押印。墨痕鮮やかな肉球印がついた。

ふふん、と山神は得意げだ。紙はいいとして、白毛についた墨液は落ちにくかろう。汚れた肉球を見れば、瞬く間に墨色が消えた。

「……神様だからな。うん。で、これにはどんな意味があるの」

大狼が背中を見せ、くるりと回って座布団に寝そべりながら「旅の安全祈願を込めてやったわ」と告げた。みっしりと綿が詰まった座布団に顎を乗せ、にんやりと双眸を細める。

「どこぞで迷わぬようにな」

言葉の裏に隠された意味を知らない湊が「ありがてえ」と和紙へと手を合わせた。低音の嗤い声が響く中、霊亀が縁側に這い上がってきた。音で気づいた湊が顔を向ける。

「亀さん。あ、霊亀さんって呼んだ方がいい？」

首を左右へ振る様子から今まで通りでよいと見なし、何事かと尋ねる。

「我と同じように」

山神から促された。亀の字を書いた和紙と硯を床上に置くと、霊亀も押印。バスッと力強く押され、綺麗に亀の足跡がつく。若干和紙がよれた。何一つ特別なものは感じ取れない湊だが、いたく力が込められているのだけは見て取れた。

「酒運がよくなる？」

「金運よ」

「おお、すげえ」

妖しく嗤う神々をよそに湊はただ純真に喜ぶ。神々のスタンプの横に小さく『迷子防止。我も旅に連れてって』『金運アゲアゲ↑↑』と書き足した。ややふざけた感は否めない。

数日後。播磨に渡せば絶句され、魂を飛ばしてしまった。

「播磨さん……もしもーし、播磨さーん」

播磨が目を見開いたまま凍りついている。差し出した護符の束を受け取ろうとしない男の名を、繰り返し呼ぶ。しばらくして、はっと正気を取り戻し、震える両手で恭しく受け取った。だが手の中の物に恐れ戦《おのの》いており、顔色もよろしくない。

そんなただならぬ様相を目にして、ようやく湊は相当な護符に仕上がっているのだと実感した。

ただし山神さんと亀さんの力すげえな、と己の力量は数に入れていない。

その偉大なる神はといえば、尻尾をぶん回し、卓上の菓子包みの真上に顔を固定した状態である。動かぬ。断じてここから動かぬぞ、という強固な意志を漲らせ、神気を垂れ流す。

「……己が好きにせよ、と云うてやるがよい」

早く帰ってもらわねば、食べられないので。

「えーと、播磨さんのお好きにどうぞ。使うなり、売るなり、家に飾るなり」

「……ありがたく、そうさせてもらいます」

絞り出すように告げた陰陽師は、美しい所作で深々と頭を下げた。

——ちりん。

トレンチコートの内側から聞き慣れた風鈴の音が鳴る。眼鏡を押し上げた播磨が上着の胸ポケットからスマホを引き出し、ディスプレイを見るだけに留めた。

湊が不思議そうに問う。

「もう季節外れではないですか」

「まあ、そうだが。この音色が気に入っていてな」

「そうですか」

一瞬、以前より険が取れた面持ちに、底知れぬ笑みを宿す。素直に納得した湊の傍らで、山神が愉快げに鼻を鳴らした。

◯

御池の中央に架かる太鼓橋を、渡っていた湊が足を止める。

見つめる先は神水の中。不可解なことに気がついた。太鼓橋の右側、陽光を反射する水面の向こうに漂うたくさんの水草、反して左側には水草が一本も生えていないことに。

橋の下、せっせと泳いで通過する霊亀の口には、なびく水草がある。いつもより段違いに泳ぐスピードが速く、どこか急いでいるようにも見えた。

「……引っ越し中？　それとも模様替え？」

玉砂利だけの寂しくなってしまった左側に比べ、右側は大層賑やかだ。隙間なく多種多様の水草が生えているだけでなく、奥側に一際目を惹く小振りな門がある。鮮やかな朱色と白色を基調とした七色に煌めく宝珠付き竜宮造の門だ。あれは一体なんなのだろう。

もしかするとその向こうは、どこぞの御殿に繋がっているのかもしれない。

ひょっとするとあそこを越えれば、躍りのスペシャリストである鯛《たい》やヒラメが出迎えてくれる、かもしれない。

ひどく興味をそそられるが、あえて尋ねてはいない。

好奇心、猫をも殺す。要らぬ好奇心で身を滅ぼしたくはない。世の中、知らない方が幸せなことはままあるものだ。御池は霊亀の領域と言っても過言ではなく、居心地がいいように整えたいのならば、お好きにされればよろしい。

「……気分転換だろ。そんな気分になる時もあるよな、うん」

拭いきれない疑問を抱えたまま、家に戻っていった。

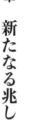

第8章　新たなる兆し

木枯らしが吹き荒れるようになった今日この頃。

温かい汁物が恋しい季節となった世間と違い、いつ何時《なんどき》も冷えた飲み物も美味しく頂ける楠木邸の庭先。優雅な午後の一時をともに送るべく、山神宅より産地直送便を迎えていた。

久方ぶりに訪れた、眷属たちである。外気の冷えた空気を纏った後ろ足で立つ年長組セリとトリカが、礼儀正しく頭を下げる。

「いつもうちの山神が、大変お世話になっております」

「いつも幅をきかせてすまない。ほんの少しだが、これをもらってくれ」

彼らの前には、山の恵みがどっさりと盛られた竹籠がある。ヤマブドウ、ヤマボウシ、栗、柿。どれも色艶よく大振りな旬の果物たちは、とても美味しそうだ。「ありがと」と礼を言い、受け取る。冷たい竹籠の表面からも秋の訪れが感じられた。縁側の縁に腰掛ける湊が、苦笑する。

「なにもそんな風に、畏まらなくてもいいのに」

「だよね」

湊の横にいるウツギが竹籠内のヤマブドウをむしり取り、口へと放り込み、ムシャムシャ食べ続ける。相も変わらず自由な末っ子を、年長組が睨むがどこ吹く風だ。

「湊も食べて。おいしいよ」とさも旨そうにパクつく。

とりあえず、洗うべきだろう。室内に入り、ヤマブドウとヤマボウシを洗って大皿に盛る。洋菓子の袋を携えて戻ると、やんやの大歓声で迎えられた。しっかりものの年長組も、そわそわと体を揺らす様は可愛らしくて和む。ウツギは言わずもがな。

以前は奇声をあげ、飛び跳ねる大騒ぎぶりだったが、今は足を踏み鳴らす程度で、それなりに成長したようだ。

「はい、どうぞ」

「ありがとー！」

三匹が嬉しげにマドレーヌを受け取る。必ず手渡されるまで大人しく待つ行儀のよさも変わりなく。彼らは仲がよいが、食べ物が絡むと話は別である。仁義なき闘いを回避するため、同じ物を同じ分だけあげるようにしていた。

縁側の縁に並ぶ三つの毛玉が、かじりつく。

「修行中なんだって？」

「そうなんです」

「みんな前より、頼もしくなったよ」

「そうか？　なら、嬉しいが」

セリとトリカが、落ち着きなく尻尾を揺らした。

「うん。前と雰囲気が変わった」

「山神みたいになった!?」

隣からウツギが身を乗り出し、勇んで尋ねてくる。その後ろ、セリとトリカも食い入るように見つめてきた。どうやら目指すところはそこらしい。元より似てはいたが、確かに山神のごとく揺るぎない安定感が出てきた、ような気がする。

皆の背後。縁側中央大座布団の上、丸くなり、目を閉じている大狼を横目に見やる。騒がしさもなんのその。テコでも動きそうにない白い小山が、規則的に上下している。通常通り健やかにおやすみ中だ。図太い。

「うん。似てきた」

「やった〜！　じゃあ、ご褒美にもう一個ちょうだい」

遠慮がないところもな。思いながらも、バターサンドの包みを剝がし、小さな前足へと渡していく。いつも初めてのお菓子を与えると、矯めつ眇めつ。くまなく匂いを嗅ぎ、顔を見合わせて頷き、せーので一斉にかぶりつく。まるで死なばもろともといった心意気が面白い。

嚙んだ瞬間から、つぶらなおめめに綺羅星《きらぼし》が散った。気に入ったらしく言葉もなく嬉々《きき》として頰張る。年長組は山神と同じく、嚙みしめて少しずつゆっくりと。ウツギは丸ごと口内へと放り込み、口許を前足で押さえながら頰を張らせて。

彼らはバターが利いたものを特に好む。分厚いバタークリームを、サクサクの薄いサブレでサンドした、本日の一品は、きっとお気に召すだろうと地元情報誌で見た時から思っていた。なお彼らは、マーガリン、ショートニング使用の物には見向きもしない。グルメ舌も山神譲りである。

無論、播磨さまさまだ。修行を頑張っていると聞かされ、目をつけていた評判の店名、品名を書いた和紙をいつものごとく紛れ込ませてみれば、一発で引き当てられた。その手土産を持って現れた時、がっくりと気落ちした山神を思い出すと胸が痛む。播磨も随分焦っていて、申し訳なかった。

もっと頑張れそう、と楽しげに語り合う三匹をしばし穏やかに見守った。

柔らかな風が吹き、庭木がざわつく。葉擦れの音が鳴り、湊が庭を見やる。視線の先、頼りない若木クスノキがまばらな葉を揺らす。

食べ終えたセリが、憂い顔の湊に気づいた。

「湊？　どうしました」

「……クスノキの成長が止まったみたいなんだ」

縁側を下り、小径を歩いてクスノキへと近づく。三匹も跳んで地面に下り、後に続いた。背景の山を彩る紅葉した木々とはまるで違う青葉を湛えた若木は、一気に成長した後、今も変わらず目線の高さのままだ。皆で若木を囲むと、ざわりとささやかな樹冠が身震いするように動く。

「元気といえば元気なんだ。よく風と遊ぶように揺れてるし、今も動いたろ？　でも急に伸びた後は全く伸びない。毎日神水あげても、一センチも高くなってないし、葉も増えない」

「特に問題なさそうですけど。うーん、どうなんでしょう。この木は、通常のクスノキとは違う理《ことわり》で生きてますからね」

「そうなんだ」

「神木だからな」

「……神木。そうか、普通、葉も枝も動かないんだった」

トリカに言われ、思い出した。楠木邸の庭にいる時間が長くなり、いつの間にか常識がおかしなことになっていたらしい。うっかりしていた湊の足元、ウツギがクスノキを見上げる。

「こんなに細いんじゃ、まだまだ登れないねえ」

木登りが得意な三匹が根本をそっと撫でた。細い幹は、小振りな獣の片手でも余裕で掴めるほど頼りない。

心配げに囲む彼らの足元へ、御池から上がった亀が這《は》い寄《よ》っていく。己を一心に見上げてくる霊亀に湊が気づいたのと、眷属たちが裏門へと鋭い視線を向けたのは、ほぼ同時だった。

皆の様子で裏門に何かあるようだと察した直後「来客のようです」とセリが告げる。素早く這う霊亀を追いかけ、ぞろぞろと連なり裏門へと向かう。途中、湊が振り返れば、山神は座布団上に仰向けで寝ていた。その寛ぎようから問題ない客なのだとわかり、肩の力が抜ける。

早くも裏門にたどりついた霊亀がこちらを向き、待っている。いつものんびり具合と異なる素早さだった。待ち人なのかと早足で傍に寄り、見た。格子戸の向こう、細長いモノが地面にすらりと立っている。

龍だ。

細く長い体躯。長い二本の角。蝙蝠《こうもり》の翼。背中の翼を折り畳み、三本指の後ろ足で姿よく立ち、佇んでいた。息を呑んだ湊と目が合えば、ペコリと頭部を下げる。随分丁寧な方のようだ、と反射でお辞儀を返しながら思う。

門扉を開けて中へと促す。ゆったりと翼をはためかせ、宙を滑るように傍らを通り過ぎる。その姿は、湊の足元を囲うテンたちよりやや小柄だ。ついまじまじと見てしまう。凝視しても仕方あるまい、架空の生物だと思っていた存在が目の前に現れたのだから。

霊亀の隣に並び立つと、同種の存在であろうと簡単に察しがついた。青みが強い真珠の光沢を備えている。秋空から降り注ぐ陽光が、さらに美しい輝きを後押しする。

霊亀と向き合い何事か会話した龍がクスノキを一瞥し、次いで視線を縁側へと向ける。すると寝転んだままの大狼の片前足が、ちょいちょいと宙を掻いた。

よきにはからえ。

そう言っているのだろうと、そこそこ付き合いが長くなってきた湊にもわかった。

最後に龍が、湊を見やる。恐らく許可を求めているのだろう。

「よくわからないけど、山神さんが許可してるなら、どうぞ？」

心得た、とばかりに頷き、ふわりと舞い上がった龍が、クスノキの傍へと寄っていく。周囲をくるりと一回転。かすかに眼を光らせ、体全体からも青銀の光を放つ。しばらくして、秋の高い空に浮かぶ無数の羊雲の一つが、すうと音もなく下降してくる。クスノキを覆うほどの羊雲が、最上部から一メートル上空で止まった。裏門近くで待機する湊とテンたちが、驚きに目を見開く。

龍体の輝きが増し、雲から細かい雨が降り始めた。光る龍が雲の周りをくるくると飛び回る。雨が強くなったり、弱くなったり。雨脚の調整をしているんだ、と思った矢先、もこもこの雲が急上昇。そしてクスノキが大きく震えて。

ズバァッ！　と一気に倍近く伸びた。

「うわっ!!」

湊とテンたちの驚愕の声が重なった。

見上げて騒ぐ外野に構うことなく、葉擦れの音と家鳴りに似た音を立て、ぐんぐん伸びていく。緩やかに上昇する羊雲を追いかけ、高く、高く、のびのびと育っていく。見る間に太くなる幹、伸びる枝、繁る葉。縦へ横へと巨大化。戦く湊の傍らにいた霊亀が首を伸ばし、口を開閉する。途端、屋根の倍近くになったクスノキの成長が、ピタリと止まった。羊雲だけが、大空の仲間たちのもとへと帰っていく。

あとには大木と呼ぶに相応《ふさわ》しい、立派に育ったクスノキが残された。

まるで喜びを表すように、こんもりとした球状の樹冠をぶるぶると震わせている。

呆気に取られ、口を開けていた湊たちのもとに、龍が近づく。その顔は一仕事やり終えた達成感に満《み》ち溢《あふ》れていた。

霊亀の傍に降り立ち、湊に期待の眼差しを向ける。

「……池に住みたい、そうです」

「……あ、はい。亀さんがいいなら……どうぞ」

通訳するセリも答えた湊も、驚き冷めやらぬ状態で会話していた。ゆるりと長い髭をなびかせた龍が畏まり、再度お辞儀した。

龍の名は、応龍《オウリュウ》。新たな同居神である応龍は、ワイン好きだった。

若干酒癖が悪く、酔っぱらうと飛んでしまうようで、夕涼み中の湊の周囲をご機嫌に漂う。ワイングラスを抱え、どこにも、誰にもぶつかることなく、ふわふわと。器用なものだ、と湊は感心して眺めた。

ここのところ霊亀により、強制的に上げられた酒運のせいで近頃、日本酒のみならずワインまで頂くようになっていた。故人の置き土産であるワインセラーを埋めるほどだった。消費者がおらず、どうしたものかと悩んでいたが、呆気なく解消された。恐らく霊亀から応龍への歓迎の品だったのだろう。

ついでに霊亀の御池内引っ越し疑惑の謎も解けた。玉砂利だけになった方には応龍が住むらしく、己のすみかは己好みにしたいだろうとの配慮だったようだ。

先ほど山神に教えられた。応龍も長い間、怨霊に取り込まれていたという。それを祓ったのが、播磨の手甲の家紋だったとのことで、かなり湊に感謝しているらしい。実際に祓ったのは播磨ではないかと思うのだが。

ともあれ、霊亀と応龍は仲がよく、寂しかった御池も賑やかになり、大層喜ばしいことだ。

山神は今日も揺るがぬ和菓子一辺倒である。夕飯後のデザートのみたらし団子を頬張る。もちろんてんこ盛りのこし餡が乗っている。

縁側下に足を投げ出した湊が、頭に被ったタオルで髪を拭く。

「風呂長く入りすぎた。あっつ」

「珍しいな。いつもはしゃわーというやつで烏《からす》の行水であろう」

赤い顔の湊を見やる山神は、横文字が少々苦手である。少しばかりたどたどしくなるところが、亡き祖父に似ていて、いつも懐かしさを覚えていた。

「ついね。実家は、ほぼ二十四時間いつでも温泉入り放題だったし、普段は自分だけのためにお風呂入れるのも手間だしね」

「……温泉が恋しいか？」

「まあ、多少は。疲れの取れ方が違うって実家を出て、初めて知ったよ。うちは硫黄泉で疲労回復効果があるんだ」

朗らかに笑う。それを聴くのは、みたらし団子を咥《くわ》えた大狼。大杯入り日本酒をガブ呑み中の亀。ワインを瓶からラッパ呑み中の龍。湊の気づかぬところで神々が、静かに目配せした。

○

なんということでしょう。

カーテンを開けると、庭の片隅に露天風呂ができていました。

大小様々な石に囲まれ、湛えられた丸い水面からほかほかと湯けむりが漂う。実に開放的で素晴らしき露天風呂が、なんの違和感もなく庭にあった。

半端に開けたカーテンを握ったまま、湊は立ち尽くす。しばしの間、またも劇的変貌を遂げた庭を見つめていた。

「……いやまあ、そりゃあ、驚きはするけど……温泉、だよな……マジか」

けぶる湯気の向こう、岩に顎を乗せ、温泉に浸《つ》かる白い巨躯が見える。眼を閉じた大狼が、はぁ～極楽極楽、とご満悦であろうことが遠目からでも窺えた。

窓を開けて縁側を下りる。早朝の静謐《せいひつ》な空気を乱さないよう、静かに石畳の小径をサンダルが進む。周囲の芝生の位置が変わり、御池がやや狭くなっていた。しかし元が広大で、中にも二匹しかいないため、狭苦しさは感じない。

途中、その御池を覗く。まばゆい真珠の輝きを放つ亀と龍は、水底でおやすみのようだ。昨夜も遅くまで呑んでいたから、起きるのは昼近くだろう。

応龍の住みかは、緑豊かな片側とは違い、岩だらけ。ひしめく大岩の隙間に入り込み、ぴったりと収まって寝るのが好きらしい。二柱は太鼓橋を境に住み分けている。いくら仲よしといえど、線引きはしっかりしていた。

御池の傍ら、青葉が生い茂る神木クスノキを見上げる。すっかり立派な巨木に育ち、その逞《たくま》しい幹は、腕を回しても指先はつかない。頭上の葉のみが、さわさわと控え目に揺れる。目線より遥かに高い枝葉の合間、所々に白い毛玉が見えた。修行明けの眷属三匹がおのおの好きな場所で寝ていて、その眠りを邪魔しないようにだろう。優しいクスノキに軽く触れ、朝の挨拶を返した。

温泉に近づくほど、ほのかな硫黄臭が鼻をつく。懐かしさに自ずと口角が上がった。慣れ親しんだ香りは実に数ヶ月ぶりになる、存外時間が経ったものだと思う。瞼を閉じた顎が乗る岩近くの縁に屈《かが》み込み、湯に手を浸す。じんわりと骨の髄に染み入る熱さが心地いい。両手を器にして掬《すく》い上《あ》げると、とろみのある湯の中に、湯の華が浮かんでいる。

「……本物の温泉、だ……」

思わず感嘆の呟きが零れた。プカプカと浮かぶ大狼が、わずかに片眼を開く。そのご尊顔たるや前回と同じく、随分と得意気だ。

「とんでもねえ……」

呆れた声色の中に畏敬と畏怖の念を感じ取った山神が、ふすーっと満足げに鼻息を漏らす。

「どうだ、お主も朝風呂にでも」

「ありがてえ、遠慮なくいただきます」

大狼は湊より一回り大きい。その巨躯が入っていてもなお、十分余裕のある温泉は、湊一人増えたところで狭くもなんともない。家の周囲は高い塀で囲まれ、誰に遠慮することもなく、気兼ねなく入れる。いそいそとタオルと着替えを準備してお邪魔した。

のぼせるまで久々の温泉を満喫した湊は、縁側で伸びていた。冷たい床板にうつ伏せになり、べったりと頬をつけて張りついている。

「くわ〜、幸せ〜」

「そうか、そうか」

山神はのぼせることもなく、早速風呂上がりの芋羊羹を楽しむ。温泉に浸かっていた時よりも、はるかに幸せといった様子だ。

ゴロゴロと床に懐いていた湊が、ようやく半身を起こした。

「温泉付き一軒家のここってすげえ贅沢だよね。元持ち主は社長さんだったらしいから、そうでもない……のか？」

いまだ頭がやや茹《ゆ》だっており、ぼやけた声。対面の大狼は、先日厳選に厳選を重ねて選んだ抹茶碗を前足で挟み、鼻面を突っ込む。熱々よりぬるめ好みのため、程よく冷めたほうじ茶は風呂上がりにちょうどいい。満足いくまで飲み、顔を上げた。

「湯水を贅沢だと思うものなのだな」

「人にとってはね」

「我にしては、さして水と変わらぬものぞ」

「へえ」

神様にとって温泉は贅沢品ではないと知り、湊も水に口をつける。山神が最後の芋羊羹にかぶりつく。できる限り時間をかけて噛みしめつつ、鋭く裏門を一瞥した。三秒ほど間を置き、ガサガサと騒がしい葉擦れ音が鳴る。セリとトリカがクスノキの幹を駆け下り、ウツギがぼてっと地面に落ちた。

突如起こった喧騒《けんそう》に穏やかな空気を打ち破られ、驚いた湊がクスノキを見やる。

「えっ、何、どうし、」

「ふん、遅いわ」

山神の低い叱声に、裏門へと駆けるセリとトリカの速度が上がる。跳ね起きたウツギも合流すべく駆け出した。

一瞬でかすかに荒れていた気を鎮めた山神が尻尾を振り、立ち上がりかけた湊に告げる。

「また、客のようぞ」

「俺に？」

頭上に疑問符を浮かべ、裏門へと向かう湊の行く手が阻まれる。御池から上がってきた寝ぼけ眼《まなこ》の霊亀と応龍が立ち塞がった。二日酔いとは無縁の二柱だが、ふらつき、少しばかり危なっかしい。湊が足を止める。

「……まさか、亀さんと龍さんの知り合い？」

こくんと二柱が頷いた。試しに尋ねてみれば、やはりそうらしい。

ゆうらり、のたのた、と先導する彼らについていく。裏門の門柱横に佇むテンたちが門外を窺いながら、幾度も視線を寄越してきた。さも何か言いたげに。疑問に思いながらも、客の確認を優先させる。二回目ともなれば、慣れたもの。今度は一体どんな方が御出なさったのかと心躍らせ、門外を見た。

門柱の陰に隠れ、格子戸の間から片眼を覗かせている。一本だけ見えている前足が鱗に覆われた、クリーム色がかった真珠色のモノ。特徴的な龍の頭部から長い髭が垂れている。

「あ、あの時の！」

いつぞや山で助けた爆速の鹿擬《もど》き、麒麟《キリン》だった。

やや大きかった声に驚いたのか、ピャッと慌てて隅に隠れてしまう。かすかに見える、震える後ろ足の間に尻尾が完全に入っている。なぜか、怯えている。下手に声をかければ、また逃げそうだ。

困った湊が振り返り、視線を霊亀、応龍へと送る。

やれやれ世話が焼ける、といった風情の二柱が湊の傍らを通り過ぎ、格子扉を挟んで麒麟と相対する。恐らく説得だろう。その内容が聞こえている眷属たちだが、黙して湊の足元にひっそりと立つ。

しばらくすると扉前の霊亀が振り返り、セリが湊を見上げた。

「入っていいか、と」

「どうぞ」

門扉を開けることなく、スゥとすり抜けて入ってきた。彼らはいつでも好き勝手に入れるにもかかわらず、わざわざ許可を取るのは、山神がいるせいなのだろう。風神、雷神に関してはなんとも言い難い。少しでも接すれば、自由気ままな性質だと否応《いやおう》なく理解させられる。

ともあれ、入ってきたものの、格子門を真後ろに控えた位置から動こうとしない。完全に腰が引けていた。

怯えきっている。湊が恐ろしいのか、それとも人間自体が恐ろしいのか。こうまで怖がられてしまえば、なんら疚《やま》しいことも、心当たりさえなくても申し訳ない気持ちになる。

距離を取った方がいいか、と湊が大股で三歩後退した。会話は間に眷属を挟むので問題ないだろう。三匹もわかってくれたのか、ともに下がる。「よろしく」と小声でささやくと、セリが頼もしく頷いてくれた。

湊が距離を空ければ、麒麟の震えが止まる。キリッと表情を引き締め、地を踏みしめた。とはいえ尻尾は後ろ足の間に入ったままだ。奮い立つその姿は、いっそ健気《けなげ》ですらあった。

「いつぞやは助けていただき、まことにありがとうございました」

セリを通した感謝の言葉に、へらっと笑って小さく片手を横に振る。刺激しないよう、動きは最小限に。声も出さない方がいいかとの判断である。

「あなたのおかげで再び自我と自由を取り戻せました。ありがとうございました。感謝してもしきれません。このご恩は生涯忘れません。ですのに、礼すら述べず逃げ出すなど無作法極まりなき真似をしてしまい、まことにまことに申し訳ありませ――」

それから、くどくど長々と謝罪、感謝の弁が続く。ビビリのわりにおしゃべりなのかもしれない。人畜無害に見えるであろう、と湊本人だけが思っているうすら笑いを浮かべ、かすかに相槌《あいづち》を打ちながら拝聴した。

五分経過。

途切れることなく紡がれるセリの声を子守唄に、霊亀と応龍は双方を支え合い、うとうと。その横に姿勢よく立つ麒麟は感動でだろうか、眼が潤んでいる。身体の前で両手を組み、営業スマイル継続中である湊の口許は若干つりかけだ。セリのみが生真面目に淡々と通訳を遂行する。

「――あの時、あなたの力が悪しきモノを討ち滅ぼした時、わたくしめは天にも昇る心地でございました。まあ、実際昇ってしまいましたが。年甲斐《としがい》もなくひどく浮かれてしまいまして、いやはや、お恥ずかしい。ですが仕方ないかと思われるのです。それと言いますのも、あの時の衝撃たるや言葉にするには、あまりにも、あまりにも――」

引き続き、まだまだ終わらぬ、感謝感激雨あられの語句と怒濤《どとう》の己語り。退屈してきたウツギが、いつの間にか猫背になっていた湊の脚に凭れかかる。隣のトリカがウツギの背中をつついた。

さらに、十五分経過。

「――それにしましても、こちらは素敵なお住まいでございますね。居心地よさそうで大層羨ましい。わたくしめは今、世界を放浪中なもので、根なし草なのですよ。ほら、久方ぶりのシャバでございましょう。何もかもが変わっておりまして、まるでウラシマたろ――」

終わらぬ。

湊の顔から愛想笑いが消えていた。

さらにさらに五分後、ようやく川の流れのごとく流暢《りゅうちょう》に紡がれていた言の葉が「――つきまして、わたくしめからささやかながらお礼としまして、」と待ちに待った締めへと移行してくれた。

お、そろそろか、と皆一様に気を引き締め、姿勢を正す。

そして畏まったセリの幼げな声で、爆弾投下。

「あなたを世界の半分を手にできる為政者にして差し上げます」

「お気持ちだけで結構です」

脊髄反射、真顔で打ち返した。断固拒否の構えである。

ビクッと激しく震えられたが、こちらも心臓がびくついて、瞬時に冷や汗が吹き出した。とてもではないが受け取れない恐るべき謝礼に震えまで込み上げてくる。霊亀と応龍の偉大なる力を、身を以《もっ》て知っているからこそ、麒麟の力も疑うべくもない。

とてもではないがそんな大それた者になれる器ではないと己自身が嫌でも知っている。身に余り過ぎる。なりたくもなければ、やる気もない。誰にとっても不幸でしかない世界の未来が、己の返答次第で決定してしまう。重圧から喉もカラカラに渇く。

「お気持ちだけでほんと、十分なんで。今のままで幸せです。普通の一般人でいたい、ただの一庶民でいい。その他大勢、名もなき村人ぐらいでちょうどいい器の人間です。心の底からお願いします。やめてください」

気がつけば、わずかに前のめりになりながら必死に訴えていた。ビビリつつも、麒麟が不可解そうに首を傾げる。拒否されるのは想定外だったようだ。

「どうしてですか。人間は土地や資源を奪い合い、他種族を食い殺すだけでは飽き足らず、同族同士で殺し合うのも大好きな、浅ましくて残忍な生き物でしょう。権力を握って振りかざせば、お好きなだけ、同族の屍《しかばね》の山を築き上げられますよ」

感情を交えないセリの幼い声が余計、胸にくる。否定はできない。人類が歩んできた過去も、現在も、それから未来も。いつの世も人間はそれを繰り返しているのだから。


だが全員が全員そうではない、と強めの反論の声すらあげられず、近づけもせず。ますます焦る。

そんな湊のみが危機的状況に陥っている場に上空から、二つの忍び笑いが降ってきた。

「お礼の言葉だけでいいってさ。人には向き不向きがあるさね。その子はそういう欲が薄いんだよ」

「世界を半分モノにしても、幸せとは限らないでしょう」

笑い交じりの援護があった。聞き慣れた声たちに全身の力が抜け、振り仰ぐ。クスノキの上方、風神と雷神が宙に立って浮かんでいた。

ただ不思議なことに、その御身は幼児体ではなく、幾分か成長した少年の姿だった。

麒麟は二柱の言葉に納得してくれたようだった。またもや、延々ととめどなく辞去の挨拶を述べに述べて、帰っていった。無事、嵐は去ったのだ。

縁側で鷹揚に並んで座す風神と雷神に向かい、湊が真摯な土下座を披露する。

「本当に助かりました。ありがとうございました」

彼らのおかげで、幸運ならぬ悲運を振り撒かれるところを回避できたのだ。

命拾いした気分である。さらっと勝手に置き土産なぞされたら、たまったものではない。折角朝風呂に入ったというのに、冷や汗を大量にかいてしまった。通訳を頑張ってくれたセリと浴びるほど水を飲み、失った水分を取り戻し済みだ。命の恩人にはもちろん、感謝の言葉だけでなく、彼らの好物である日本酒を隙間なく並べ、持て成した。

けたけたと愉快げに笑う風神、雷神の杯へ、順に並々と日本酒を注いでいく。風神が漆塗りの盃《さかずき》をくるりと回せば、金箔《きんぱく》が舞った。

「災難だったね。向こうはよかれと思っているのが、またねえ」

「まあ、あの子はかつてそれを散々乞い願われてきたからね」

「ひどい怯えようだったんで、人間に何かされたのかと思ったんですけど」

「どうだろう。生者ではあの子をどうこうできないからねえ」

「生理的に駄目なんじゃない？　元から人間を嫌ってたし、悪霊に取り込まれたのが決定打になったのかもね」

雷神が盃を呷る。その変わらない慣れた仕草を見ながら湊が問う。
「ところで、その身体は……」
つい先日遊びに来た時は三歳児程度だったが、それが今は、七歳前後と思しき見た目になってい
た。身体は成長しようと、腰布一丁は変わりない。庭は常春とはいえ、世間は日ごと冬へと驀進《ばくしん》し、
冷え込みが厳しくなっている。防寒力底辺の腰布だけでは寒そうで、服を着せてあげたいと思って
しまうのは、致し方ないことだろう。寒さなど微塵も感じてなさそうだが。
庭を眺めていた雷神から「温泉、入っていってもいい？」と訊かれ「もちろんです」と即答した。
是非とも温まっていってほしい。

盃をあけて一息ついた風神が、肩に担いでいた布袋《ぬのぶくろ》を下ろした。小振りなその布袋に手を入れ、
ごそごそと音を鳴らして中を探る。初めて見る物だ。なんだろうと思いつつ、湊が緑茶入りグラス
を傾けた。
「本来の姿に戻りつつあるんだ。君のおかげで」
「……俺、何かしました？」
「アタシたちを〝在《あ》る〟と認識して敬ってくれてるから、存在が強化されたんだよ。使える力も増
したんだ。ありがとね」
今や誰も神の存在を信じない。
感じ取れる者も昔に比べるとごくわずかに過ぎない。人からの畏敬の念を得られずとも、存在自

体は消えはしないが御姿《みすかた》を保てなくなるという。

「これ、お礼。いつものお返しもかねて」

風神が細い棒状の物を摑み、布袋から一気に引き出す。

どどんっと巨大メカジキが現れた。銀色に輝く紡錘形《ぼうすいけい》の体、特徴的な細長く尖る上顎。澄んだ目玉。釣りたてであろう潮の香りが縁側に広がった。湊と両サイドに座るテン三匹が、揃って両眼をひん剝く。全長三メートルは優に超えており、どう頑張ってもささやかな布袋に入るサイズではない。

目線より上に浮いた巨大魚の向こうの風神が、にこっと邪気なく笑う。

「血抜きは済ませてあるよ」

「……お気遣い、ありがとうございます」

どう捌《さば》けと。概ね家庭料理はこなせます程度の腕前しかない湊には荷が重い。魚を下ろした経験はあまりなく、何より三徳包丁では太刀打ちできまい。ひきつった顔で及び腰になってしまった。

「冗談だよ。見ていて」と軽く告げた風神が、メカジキを庭先へと移動させていく。

浮いた哀れなメカジキと目が合い、いささか気まずげな湊と皆が見守る中、縁側から出た所で止まる。

風神がかすかに指を動かすと、スパッと三枚に下ろされた。すかさず幾つもの三日月型をした風の小刃が、魚肉を切り裂いていく。ものの数秒で、切り身に早変わり。寸分の狂いなく揃ったサイズ。脂が乗り艶めく鋭利な切り口。実に美味しそうだ。尋常ではない量だが。

興奮したウツギが湊の腕を摑んで揺すり「湊もアレできる⁉」と無垢《むく》で残酷な期待の眼差しを向けてくる。徒人《ただびと》に神業をやれとは、無茶を仰《おっしゃ》る。なけなしの矜持に突き動かされ、「い、いずれ……でき、ればな、と思います」と声を絞り出して宣誓。「なぜ、敬語」トリカがボソッと突っ込んだ。

できる未来が描けない。いまだ最大風速、扇風機弱程度のそよ風しか出せない己では。

空笑いで誤魔化した。宙を漂う切り身を大皿で受け取るべく、寝こける大狼の傍らを横切り、室内へと戻った。

たらふく刺身を平らげたテンたちが膨れた腹を抱え、自宅の山へと帰っていった。

これ幸いと湊は風神に風力の扱いを見てもらう。己の風力は、風神と天と地の差がある。眷属たちの前で見せるのはさすがにいたたまれない。

横たわる大狼の背中に、湊が手のひらを翳す。そよそよと吹き出る微風で緩やかに長毛がなびくと、風神が慈悲深い面持ちで頷いた。

「ある程度、加減はできてるね」

「……はい」

今できる最大の力を込める。やや勢いを増した風に煽られた毛が鼻をくすぐり、ぶえっくしょんっと寝起きの大狼が派手なくしゃみを一つ。

「すみません」

「よいよい」

寛大に答えたものの、顔を歪め、前足で鼻を掻く。風の出具合がわかりやすいかと、長い毛を借用した御披露目《おひろめ》が終わった。ふんわり、柔らか。ぬるめ。それぐらいでしか表現できない微風は、風神の業物と称すべき鋭利な風とは比較にもならない。

顎に手をやった風神が、首を捻った。

「随分力を抑えているようだけど、怖いのかな」

「……怖い。怖い……んですかね」

「一度全力を出し切って力の限界を知れば、もっと自由に操れるようになるかもね」

「全力……」

「心の赴くまま、気に入らないやつを吹っ飛ばしてみるとか」

「そんな人いません……今のところは」

先のことはわからない。ここにいると複雑で煩わしい人間関係に悩まされることなどなきに等しく、いつでも心は凪いで穏やか。日々微温湯《びおんとう》に浸かっているかのごとき幸福感に包まれている。なにせ毎日常春である。そのせいか、折角いただいた異能であっても、使いこなしてやろうという気概もほとんど持てず、それなりでいいかと思っていた。

だが、いつまでもここにいられるわけではない。

いつまでもここで、平和ボケしていられるわけでもない。

いざという時に備え、己の意思で完璧に制御できるようにしておくべきだろう。

それに怒りに任せてうっかり風力を暴走させようものなら、周りの被害もさることながら、洒落《しゃれ》にならない最悪の事態に追い込まれるかもしれない。テレビ、週刊誌、はたまたネットへの流出、拡散もあり得るだろう。いつどこに誰の目があるのかわからないのだから。


ようやく危機感を覚えた湊が居住まいを正した。

「やってみます。もっと精進します」

「うん、頑張って。気に食わないやつの家を、余裕で一刀両断できる程度にはなるんだよ」

「物騒過ぎます」

快活に笑う顔は愛らしくも、中身はなかなかの苛烈さだ。

湊が若干引く。メカジキの刺身を醤油《しょうゆ》にたっぷりと浸し、雷神が顔を上げた。

「アタシの力も貸そうか？」

「お気持ちだけで結構です！」

「えー、どうして？　遠慮しなくていいのよ」

「いえ、大丈夫です。間に合ってますので！」

「すっごく役に立つと思うわよ。ムカつく相手をたった一撃で亡き者にでき、」

「勘弁してください！」

雷などあまりに恐ろしすぎる。顔色の悪くなった湊が、頭と両手を必死に振り、全力で拒否する。

二柱が愉快げに眺め、ケラケラと笑った。

そんな賑やかな空気の中、お気に入りの座布団に寝そべる大狼が、メカジキのかぶとを前に機嫌よさげに尻尾を振る。明日はかぶと焼き。実に実に楽しみである。

第9章　振り返れば、いつでもそこにいる

視線を感じる。

チリチリと痛みを伴う熱き視線が背中を炙《あぶ》った。縁側でそれを感じた護符作成中の湊が、静かに首だけで振り返る。山側の塀の上から、さっと何者かが消えたような気がした。瞬いた後、元の位置に戻した首を一度捻り、ふたたび和紙に筆を滑らせる。

強い強い視線を背中で察知。

クスノキの作る優しい木陰で、竹箒《たけぼうき》を片手に持つ湊が素早く身体ごと振り向く。田んぼ側の塀の上から、ささっと白っぽいモノが消えたような気がした。一時眺めていたが再度目にすることはなく、塵取《ちりと》りに落ち葉を入れていった。

レーザー光線並みの強烈な視線が、背中に突き刺さる。

小径を歩いていた湊がそれに気づいた瞬間、ガバッと頭が吹っ飛ぶ勢いで振り返った。

裏門の格子門から何者かが消えてゆく、淡いクリーム色を帯びた真珠の煌めきを残して。

『表札大破。予備類全滅。至急作成頼む』

そんな一見ただならぬ緊急メールが実家の母から届いたのは、冬を間近に控えた寒い日のことだった。慣れ親しんだ依頼を受けた湊は、ぽかぽか陽気の縁側で座卓に向かい、表札量産体制に入っていた。

「大破はない、精々大きめ目のヒビだろ。相変わらず母さんは、おおげさすぎる」

ニスを重ね塗りし、乾燥させた木材に書いた字の縁を彫刻刀で彫っていく。話しながらも迷いなく動く手の傍には、同じ大きさの木材が積まれている。表門に掲げる表札のみならず、温泉宿の各部屋分だ。他にも積まれた細木は、各部屋の鍵につけるキーホルダー。時折持ち帰る客がいるため、いつも多めに作っている。


作業中の湊の対面、濃紫色の大座布団で横になっていた大狼が起き上がる。

目前の床上に置かれた楠木父の名が彫られた実家用表札を、ちょんと前足で触れた。金色《こんじき》の光が放たれ、翡翠色と混じり、煌めきが増す。湊が見ていないところで、勝手に護りの強化を授けていた。

たった一つのみなのが、怠惰で気まぐれな山神らしい。

「しかし表札が割れるというのも妙なものよな」

「そうかな。ずっと昔からだし、うちでは当たり前過ぎて誰もなんとも思ってないよ。近所の人が教えてくれたりもするよ」

大狼が再び座布団に腹這いになり、ふさりと尻尾を振った。

「大方、割っておるのだろうよ」

「……割るって、誰が」

「家に住み着いておるのだろう、人ならざるモノが」

「まさか、童子さんが？」

「恐らくな。効果が切れたのだと知らせておるのだろう」

手を止めた湊が宙へと視線を投げる。心当たりは、ある。

昔、最初に作った温泉宿の表札が幾度も、外れて落ちたことがあった。しっかりと固定しているにもかかわらずにだ。毎回、ただ元に戻していただけで交換はせず。当時、祖父は鬼籍に入っており、誰も意味に気づけなかった。

そうこうしているうちに、父が変調を来す。夏真《ま》っ只中《ただなか》に、寒い寒いと身を震わせるようになってしまう。視える祖父の性質を微量に受け継いだ父は、霊的な存在を肌で知覚する。日ごと具合が悪くなっていく一家の大黒柱に、普段は明るい楠木家に重苦しい空気が立ち込めた。そして表札が大破したのだった。

思い出した湊が、納得顔で彫刻刀を握り直す。

「母さんがおおげさな理由がわかった。最初の印象が消えないんだ」

今思えば、木っ端微塵に砕けたのは童子怒りの鉄拳のせいだったのかもしれない。至急これを変えろ、と。恐らく祖父がいなくなり、意思の疎通を図れる者がおらず歯痒かったせいだろう。新しい表札を取りつけると、数日で父はあっさりと快復。楠木家に無事平和が訪れたのだった。

すぐに用意できたのは、予備があったからである。客人に表札の出来を手放しで褒められた湊は、さらに完成度を高めるべく、表札を作り続けていた。

その後も温泉宿、実家の表札は、定期的に深いヒビが入り続けている。童子が力加減を覚え、教えてくれていたのだろう。昔からヒビの理由はわからずとも見映えがよろしくないため、必ず交換していた。理由を知った今では、童子への感謝の気持ちしかない。長い期間、世話になりっぱなしだ。作成した表札を送る際、こちらの銘菓と銘酒も必ず入れようと心に決める。

しみじみと童子への感謝の念を込めながら、木屑《きくず》を散らすことしばし。熱き視線を後頭部に感じた。射抜かれそうに鋭い。わずかな間、手の動きが止まったが、動じることなく作業を再開する。

だが。

「あの彫刻刀で同族を一思いに屠《ほふ》るおつもりか。いや、あれでは到底長さが足りますまい。しからば目を狙う一点狙いでしょうな。なかなかの手練《てだ》れとお見受けいたす」

不穏な台詞が山神の渋い美声で告げられた。視線の主、山側の塀から顔半分を出して覗く麒麟の独り言を代弁したのだ。さも愉快げに双眸を三日月型にしならせて、声だけは真面目くさって。

「あの手さばき、熟練の技なり。同族はおろか他種族もイチコロでありましょうな」

誤解もいいところだ。むしろ名誉毀損と言えよう。彫刻刀の刃が滑り、要らぬ線を刻んでしまう。

「これを食し、少しでも気を静めてくれると、よいのですが」

こそっと麒麟が敷地内に入り込み、珍しい南国産果物を地面に置いた。赤い長毛に覆われたランブータンを転がし、ささっと塀を乗り越え、逃げていった。

湊は浅くため息を吐き、転がるランブータンを取りに向かう。不満は多々あれど果実は楽しみで、その足取りは至って軽やかだ。

「ほんに愉快なやつよな」

後ろから山神の愉しげな笑い声が追いかけていった。


湊に長々と礼を述べて時間を奪い、迷惑でしかない謝礼まで振り撒こうとした、かの麒麟。再び翌日に現れ、敷地外から湊をくまなく観察したあげく、異国の果物を置いていった。

それから日を置かず、覗《のぞ》き見《み》と世界放浪土産をこっそり置いて帰るのを、飽きずに繰り返している。毎回置いていかれる果実は大変珍しく、日本では入手困難な物ばかりだ。

ありがたくも、覗かれるのは落ち着かないうえ、とにかくよくしゃべる。独り言ゆえ、本来湊には直接聞こえないものだが、面白がる山神により逐一通訳され、筒抜けとなっていた。

人間の暗部を見過ぎた瑞獣は、人間とはかくも野蛮な生き物である、という固定観念を持ってしまっている。湊の一挙手一投足をくまなく観察し、勝手に不穏な妄想を繰り広げてくれる。すべてを聞かされる湊はたまったものではなかった。

いつまでも変わらぬ吸引力を発揮してくれる掃除機を、縁側に満遍なくかけていく。

常に根が生えたかのごとく中央に居座る大狼が、迫り来る掃除機のヘッドを華麗に避ける。室内に移動し、よいしょ、と座布団も前足で引っ掛け、引き寄せた。小山がなくなった場所に、ヘッドが突っ込んでいく。毎回のことで湊も一切遠慮がない。

そこのけ、そこのけ。容赦なく神を押し退け、管理人としての仕事を全うする。山神は抜け毛はないため、さほど大変ではない。この巨躯で抜け毛があれば、換毛期を想像するだけで空恐ろしい。

次いで、モップを手早くかける。

「惨劇の後始末ですかね……？」

座布団に鎮座する山神が、ぼそりと呟いた。モップの柄を握る拳に力がかかる。視線を向けずとも、振り向かずとも、その存在を知ることなど容易い。

覗き魔麒麟に違いない。

「血やらナニやらは早く拭き上げませんと、落ちにくうございますからな。床材が傷んでしまいます。大事、大事」

山神の低音笑い声のおまけつきだった。愉しそうだ。勝手にアレンジを加えているのだろう。床に強く押しつけられたモップが、艶めく線状の跡を残していく。

「こちらは食いでがありますから、きっと満足してくれるでしょう。願わくば、どうか心安らかに」

かすかな音を立て、一抱えもあるパラミツが塀の傍に置かれた。かすかな甘い芳香が風に乗り、縁側まで漂ってくる。湊が振り向いた時には、もうどこにも真珠の煌めきは残っていなかった。

二束の精麻《せいま》の根本を足で固定し、両手を擦り合わせ撚《よ》りをかけて捩《もじ》り、一本の縄を作り上げる。手で何度も撫で引くことにより、黄金の煌めき、艶が増す。

縁側でせっせと手を動かし、神木クスノキ用のしめ縄を編んでいた湊の肩が揺れた。

「……あの縄で同族を簀巻《すま》きにするわけですね。そして市中引き回しのうえ、打ち首獄門コース、と。もちろん見知っております。随分と、まあ、お懐かしい」

声の抑揚までつけ、通訳した山神が、三束で編まれた本縄を前足で撫でる。尋常ではないまばゆい輝きを放ち、満足そうに鼻を鳴らした。

顔を上げた湊が反論しようと口を開きかけたが、結局何も言わずに新たな精麻を手に取る。下手に声を出せば、逃げるられる。

「これを食し、応龍のような穏やかな性質になってくれればよいのですが。まあ、こちらは名だけで、あまり似てはおりませんけども」

ころりとドラゴンフルーツを敷地内に転がす。

「いや、応龍はそこまで穏やかではなかったですね」

ちろりと静まり返った御池を、含みのある態度で見やる。

「失敗したかもしれません」

ぶつぶつ言いながら身軽に塀を飛び越えていく。思い当たる節がある山神がその身を震わせた。

○

やらねばならぬ諸々《もろもろ》の雑事を片づけ、そろそろ本腰を入れて自在に風を操れるようなるべく、湊が腰を上げた。

ならばしかるべき場所へ行くか、と山神に促され、やってきたのは裏門だった。湊が格子戸の向こう、早朝の朝もやがかかる外を眺める。傍らの山神が足を踏み出した。

「行くぞ」

「……ああ、うん」

いまいち理解できていない湊が扉を開こうと進み出た。瞬間、鼓膜が膨張するような感覚と、全身の肌を撫でる奇妙な感覚に鳥肌を立てる。膜に似た何かを通り抜けた、そうはっきりと感じられた。

「うわ、ちょっと気持ち悪かった……、何、ここどこ」

「まだまだよな。違和感なぞ感じさせるとは」

山神が厳しい文言を放つ。一瞬にして切り変わった景色に、湊が目を白黒させた。しばらくして周囲を見渡すと、巨木群がそびえ立つ、なだらかな斜面にいる。どうやら山中のようだ。

間近の幹に沿い、視線を上げる。天を衝《つ》くその先、梢の合間に雲一つない青空があった。太陽の姿は見えない。顎を下げれば、空を覆う樹冠のせいで自然光は差し込まないはずが、奇妙に明るい。

視界良好で、苦もなく遠くまで見通せた。

傍らの大狼を物問いたげに見やる。

「眷属らが創った神域だ」

「ああ、これのことだったのか」

うまく創れるようになってきたと三匹が喜んでいたものが、この空間なのだと合点《がてん》がいった。大狼が長い尾を振る。

「ここで好きなだけ暴れるがよい」

「無闇に木を傷つけたくはないんだけど」

「なあに構わん。偽物だ」

幹に手を当ててもなんら違和感もなく、見た目も本物にしか見えない。しかし、よくよく近づいてみると、木の香りがしない。言われてみれば、辺りも山特有の湿った木と土の芳香がしない。森林の香りを振り撒く山神が離れれば、より顕著に感じられた。

「……本当だ」

「切り刻むなり、刈り込むなり好きにすればよい。もしくは山を真っ二つに割ってみるなり、な。できるものなら存分にやるがよいぞ」

ゆうるりと細まる双眸と、からかい交じりの声色に、湊はやる気を奮い立たせる。

静かに両目を閉ざし、呼吸を整え、身の内に宿る力を引き出していく。常ならば、制御不能になる事態を恐れ、抑えつけている力をすべて解き放つ。

大狼の視線の先、痩身全体から淡く放たれ始めた薄蒼《あお》の揺らめきが、少しずつ、少しずつ濃さを増し、立ち上っていく。なびく黒髪。はためく上着の裾。足元に散る落ち葉が浮き上がる。

ゆっくりと開かれて露になる、オリーブ色の瞳。

湊を支点に爆発的に膨れ上がった風が吹き荒れ、落ち葉、枝が吹き飛び、頭上を覆う樹冠がざわめく。近場の巨木が揺れたのを見たのを最後に、湊の記憶は途切れた。

○

湊が己の力に呑み込まれて気を失う少し前、無人の楠木邸の庭に侵入者現る。

そう、お馴染《なじ》みの覗き魔麒麟である。

塀の上から顔半分を覗かせ、きょろり、きょろりと庭の隅々まで窺う。

「……お出かけでしょうか」

屋内の気配を探り、いないことを悟る。訳知り顔で軽く頷き、ふよんと髭を揺らした。

「同族の首を狩りにいかれたのかもしれませんね。気まぐれによその土地を奪いにいかれたか。当然一族郎党皆殺しでしょうな。彼もやはり日本人ですから、血は争えますまい。いやはやお若いせいか、血の気が多ございますなあ」

呆れながらも躊躇いなく塀を乗り越える。宙に浮かせた棘《とげ》で覆われた果実もともに。

「では、こちらに置いておきます。お戻りになられたら食されるでしょう」

激臭ドリアンを縁側前の地面に、そっと置いた。御池の二ヶ所から泡が浮き上がり、水面が激しく波打つ。とことこと軽快な足取りで、牛の尾に似た尻尾を左右へ振り、塀へと向かう。御池から二つの細い水柱が立つ。

水底から飛び上がり出てきた霊亀が、縁側前にどすんと着地。すかさず前足でドリアンを斜め上方へとぶっ叩く。一直線上に吹っ飛び、中空に浮かぶ応龍がくるっと一回転し、長い尾でひっぱたく。かっ飛んだ棘の塊が麒麟の後頭部を狙い撃ち。決まったか、と思いきや、当たる寸前でピタリと空中停止した。その下で振り返った麒麟が、剣呑な気配を放つ。

「何をするのです」

「お前こそ何をしてくれとるか」

「本当にな」

麒麟を挟み、霊亀と応龍が怒りのオーラを巻き散らす。久方ぶりに揃った瑞獣間に流れる空気は、どこまでも殺伐としていた。応龍が髭を逆立て、眼下の麒麟を睥睨《へいげい》する。霊亀も常ならば半分閉じている瞼を全開にし、麒麟を見据えた。

「ここにゴミを持ち込むとは何事だ」

「ゴミとはなんです、失礼な。美味しい果実ですよ」

ドリアンを霊亀に放り投げれば、打ち返される。

「食べ物で遊んではなりませんっ」麒麟がまたも長い尾ではね飛《と》ばす。驚異的速度で迫るドリアンに身構え、霊亀が半眼になった。

「かような物、食い物とはみなさん。この不快な刺激臭、具合が悪うなるわ。これをなんとも思わんとは、どうかしておる。お前の鼻、機能しておらんのではないか」

前足で払われた悪臭の塊が、応龍目掛け、斜め上へと飛んでいく。

「同意」

長い胴体をくねらせ、尻尾でぶっ叩いた。

「まともですけど！」

叫んだ麒麟からまたも霊亀へ。しばらく三瑞獣間でラリーが続く。


いい加減飽々した応龍が、唸りをあげて向かってきたドリアンを三本爪でがっしりと摑んだ。果汁が垂れ落ち、中空でさも嫌そうに手から顔を背ける。

「どうしてくれる、ゴミ臭が朕にまでついてしまったではないか」

応龍が忌々しげに告げ、霊亀も臭う己の前足から顔を反らした。体中に汁や臭いがついたのはもちろんのこと、庭にもひどい悪臭が充満している。麒麟が緩く頭《かぶり》を振った。

「やれやれ、貴殿方はこの素晴らしく美味しい果実を知らないのですね。そのように見識が狭いのは、おうちにこもってばかりだからか。貴殿方もわたくしめのように世界を巡り、もっと物を知った方がよろしいのではありませんか」

眼を吊り上げ、髭を逆立てた応龍から青銀の光が立ち昇る。

「持って帰れ」

激情を抑えられた声とともに投げ返され、麒麟は小首を傾げた。

「すごく美味しいのに……」

納得がいかないように小声で呟く。歪に変形した果実を携え、塀を跳び越えて去っていった。

勢いが増す一筋の青銀の光が空へと突っ走る。東の空から雲たちが馳《は》せ参《さん》じ、押し寄せてくる。見る間に厚みを増す雲が楠木邸を覆った。

応龍の体から怒りを込めた強い光が迸る。それを目掛け、神庭にのみ雨粒が一斉に降り注いだ。

瞬時に庭の異臭が消えていく。浄化入り豪雨シャワーを浴び、応龍と霊亀が心地よさげに眼を細めた。


その後、倒れた湊を背中に乗せ、のっそり帰宅した山神が裏門から入り様、立ち止まる。

濡れそぼった庭。樹冠を小躍りするように振り、水滴を方々へ飛ばすご機嫌のクスノキ。御池を見やれば、静まり返って緑の樹木を映している。

くんと鼻を鳴らした。ここまで強い浄化入りの雨で消したかった物は一体なんなのか。霊亀、応龍は語る気はなさそうだ。いつも通り神気漂う正常な神域ならば何も問題はない。

何事もなかったように、ゆったりと歩みを再開した。

○

毎日、眷属の神域に通い続け、ようやく倒れなくなった頃、神域にも変化が現れる。山間を爽やかな風が吹き抜け、太陽が出現した。

木立の間に立つ湊が梢から差し込む光を受け、深呼吸する。

「すげえ自然な感じ、本物と変わらない」

「でっしょ」

神域内にウツギの得意気な声が響き渡った。が、山神が地面を伝う根を引っ掻くと、あっさりと掘り起こされる。土の匂いもなく、砂のごとく脆《もろ》い。浮いた根を前足で押さえれば、瞬く間に土にめり込み、固定された。

「まだまだぞ」

「厳しいね」

巨木へと向かい、腕を振り抜き、風を放つ。風の塊を受け、細かい樹皮の欠片が散った。威力を上げて、もう一度。面で剝がれた樹皮が吹っ飛び、大量の枝葉が降ってくる。脳に思い描く風神の風の刃《やいば》のようには、ならない。斬りつけることができない。

湊が眉をひそめ、山神は退屈そうにあくびをする。

「……なかなか、うまくなってきているのではありませんか？　もう倒れることはないですし」

「……だな。威力も上がってきてるぞ、確実に。うん」

「キレがない」

気を使ってくれるセリとトリカ。歯に衣着せぬウツギ。湊が両の手を握りしめる。神域内に木霊する眷属たちの声援を受け、傍らでのんべんだらりとね寝そべる山神の寝息を聞き、体力の続く限り風を放ち続けた。

○

炙られたホタテの貝殻が弾けるように開いた。

お出ましたるは、汁だくのぷりぷりの貝柱。網の半分を埋める新鮮なホタテ貝が、続々とその身を露にしていく。網の半分に整列する秋刀魚《さんま》から脂が滴り落ち、煙が立ち上る。両目を眇めた湊が、秋刀魚を菜箸でひっくり返した。


本日は早々たる面子《メンツ》が集い、庭先でバーベキューを行っていた。

風神、雷神から海の幸、山神宅から山の幸を頂き、湊が庭に設置したコンロ上で焼いていく。実家でもよくバーベキューが開催されており、お手の物である。火加減が気になり過ぎてコンロから離れられない男は、時折秋刀魚《さんま》をつまみつつ、一人で焼いていた。

縁側の縁に思い思いの格好で鎮座する神々が、焼き上がりを大人しく待つ。彼らにとって食事は栄養摂取が目的ではなく、嗜好品《しこう》を楽しむようなものである。しかしよく食べる。焼けたそばから眷属たちが、せっせと神々のもとへと運んでいた。

山神が皿に載る秋刀魚を真上から見下ろす。パリッと焼けた皮。皮の合間から覗くふっくらした白身。香ばしい湯気。存分に眼で鼻で髭で堪能し、はぐっと一口で口に入れる。両眼を閉ざし、ゆっくりと丹念に噛みしめた。

その傍ら、霊亀と応龍はただただ日本酒と赤ワインに酔いしれる。並んで腰かける風神と雷神は、日本酒を片手に香り豊かな松茸《まつたけ》に舌鼓を打った。

コンロ奉行と化した湊のもとへと戻ってきたウツギが口を開ける。バターと醤油を垂らした貝柱を放り込む。ぼわっと毛を逆立たせ、両頬に前足を当てて足踏みし出した。小躍りするほど、お気に召したらしい。笑った湊がホイル焼きにした舞茸《まいたけ》へと箸を伸ばす。その動きは、ひどくぎこちない。毎日神域に通い続けるも風の力を思うように扱えず、無駄に力み、全身筋肉痛になっていた。

山神へと皿を運び終えたトリカとセリも駆け寄ってくる。

頬を動かす湊が、口を開けて待つ二匹にもバターの油が光る貝柱を与える。ウツギ同様、喜びの舞いを披露してくれる。案の定ウツギが、網の空いた場所にホタテだけをぎっちり並べ始めた。

「ねえ、風、使えるようになったの？」

「……多少は」

雷神の問いに、まだとてもではないが、もちろんですと胸を張って言える状態ではない。雷神が己のついでに風神の秋刀魚にも醤油をたっぷりかける。

「やっぱりアタシの力も与えてみるべきじゃない？」

「どうしてそうなる。それに、僕、すだちの方がよかったんだけど」

「この醤油甘くて美味しい。おすすめ」

自由な相棒の暴挙を軽く息をつき、受け流す。後ろを向き、醤油を好む山神に「交換して」「よかろう」と無事交渉を成立させた。

大狼が醤油に浸かる秋刀魚を咥える。

「ぬう、ここまで醤油をかけてしまえば、折角の素材の味が損なわれよう」

「でしょう」

同意した風神がまっさらな秋刀魚にすだちを絞り、嬉々として白身に箸を入れた。

「いっぺんになんてできはしないだろう。今は風を操ることだけに集中した方がいいに決まってる。元々人間が操るには過ぎたる力でもあるしね」

聞き捨てならぬ台詞である。最後辺りは小声だったが、ばっちり聞こえてしまった。湊が微妙な顔で、ぱかっと開いたホタテ貝に醤油を垂らす。茶色の泡ぶくが立ち、一帯に香ばしい香りが拡散。満面の笑みになった雷神が飛んでくる。あっという間に近寄り、ホタテ貝に顔を寄せて香りを嗅ぎ、湊の全身に視線を走らせた。

「だいぶ頑張っているみたいだしね」

湊の背後に回り、首の付け根に、とん、と人差し指を当てる。そこから電流が全身に満遍なく走り抜ける。びくっと身体が跳ね、持ち上げていた秋刀魚を網上に落とす。驚いた湊であったが、さらに驚く。筋肉痛が微塵も感じられない。

両肩を引き上げ、手足を回したり、動かしたり。身体が軽い。もう痛みなどどこにも感じられない。ニコニコと笑っている雷神に向き直る。

「ありがとうございます」

「どういたしまして」

眼前に皿を突き出された。気持ちを込め、恭しく香り豊かなホタテ貝を載るだけ載せる。笑顔の雷神が山盛りホタテ皿を片手に、縁側へと滑るように戻っていく。できれば一声かけた後にやっていただきたかったものだ。真ん中からへし折れた秋刀魚を己の皿に回収した。


じゅうじゅうと絶え間なく音を立て続けるコンロの横に座ったまま、最近鋭い視線を感じていないと不意に思い出す。頻繁に現れていた、かの瑞獣殿は一体どうしたのだろう。修行一日目、気絶してしまい、いつの間にか縁側に戻っていて目覚めたあの日。応龍が気を利かせてくれたのか、庭木に水を撒いてくれていた日を境に見かけていない。

いずれ麒麟も気軽に遊びに来て霊亀、応龍と仲よく過ごしてくれればいい、と思いながらアオリイカのバター焼きを口に運んだ。

○

庭の片隅には、ひっそりと据え置かれた物置小屋がある。中の確認と清掃をやろうと思い立ち、湊が引き戸を開ける。そこには、巨大な甕《かめ》があった。

広口の壺《つぼ》状の水甕《みずがめ》。子供や細身の大人ならば、すっぽりと入れるであろう運ぶには少し手間取る大きさである。庭に置くといいアクセントになりそうだ。薄暗い小屋内では模様等がよく見えない。斜めに傾けて転がし、小屋の入り口に差しかかる。

「ああ、同族の手足を斬り落として入れる甕ですね。いやはや悋気《りんき》を起こされたのか。穏やかな性質かと思うておりましたが、やはり……。嫉妬に駆られた者は修羅と化しますからな。よおく存じておりますとも、昔リアルタイムで視聴しておりましたので」

久々に訪れた覗き魔は、相も変わらず妄想が逞しいようだ。

小屋の外で待っていた山神が、当然のごとく通訳をこなす。その顔はニマニマと笑い、すこぶる愉しんでいる旨を如実に伝えてくる。実に表情豊かな狼だ。山側の塀から身を乗り出した麒麟からぶっ放される熱視線を背中で感じつつ、地面に水甕を置いた。

一言どころではなく山ほどの物を申したいものの、麒麟が元気そうで安心ではある。

「これが、わずかでも心をお慰めできればよいのですが。こちらであれば、霊亀と応龍も文句は言いますまい。全くあのお二方ときたら昔から……」

ぶつくさ愚痴を垂れ、宙に浮いたマンゴスチンを壁際に置く。今回は敷地内に入らず、静かに去っていった。

湊が御池を見やる。いつも通りお気に入りの大岩上で甲羅干しを満喫する霊亀。時折、水飛沫を立てながらゆうらりと泳ぐ応龍。通常運行。いつでものんびり穏やかな二柱である。

「亀さんと龍さんが文句を言う？　言うの？」

「さあな」

想像すらできない様子だ。とぼけた山神が埃を被る水甕を一瞥すれば、金の光に包まれる。淡い残滓《ざんし》が消えると、陶器がつるりと陽光を反射した。


朝から家中の窓を開け放ち、湊が掃除に励む。

縁側で仰向けに転がる山神のおかげで、森林の香りが通り抜けた。寝室から交換したリネン類を抱え、リビングを早足で歩く。

「おやおや。随分とまあ、気合いを入れて家中を磨いておられますな。床に塵一つなし。窓ガラスに曇り、指紋一つもなし。サッシの溝に汚れ、埃なし。素晴らしい、どこもかしこもピカピカではないですか。……ひょっとして誰かをお招きになられるのか」

ダイニング側の窓外から片目を出して覗く麒麟に閃きが走り、高揚した気分に合わせて鬣が逆立った。

「ああ！　今夜は土曜の夜！　ならば、サバトしかありませんね。共喰いとは……。あな恐ろしや」

寝転ぶ大狼が全身を小刻みに揺らし、戦いた麒麟がぶるっと身を震わせる。項垂れた湊の背中が洗面所へと消えていった。

陽光で温められた岩で、霊亀がまったり寛いでいる。そこに御池から上がった応龍が、ひたひたと近づく。

「麒麟もかなり慣れてきたようぞ」

「あと少しというところ、か」

散々好き勝手に妄想を繰り広げながらも敷地内に入り込み、あまつさえ家の中までかぶりつきで覗く始末。人間嫌いのわりに、人間の営みを観察するのをやめられない風変わりな仲間。常であれば姿を隠し、遠見で観察するのみである。そんな麒麟が湊にここまで近づくのは、本心では害のない人間だとわかっている証左だ。

神々は、湊が視認できるよう、わざと姿を見せている。己の姿を見せるのは、相手を好ましいと思っているからだ。

浅くため息をついた応龍がとぐろを巻き、双眸を閉じた。

「染みついた記憶、思い込みは容易には消せんのだろうが……」

「小心者ゆえ」

「然り。難儀なものよ」

穏やかな陽気に眠気を誘われ、二柱は微睡み始めた。

キッチンのシンクを磨く湊から目を離せない麒麟が、縁側に座り込んでいる。柔らかな風が吹く。麒麟の髭、床を這う長い尾の先の毛が揺れた。窓枠に片方の後ろ足を引っ掻けて体を固定し、寝こける山神の腹毛もなびく。神木クスノキが、おかしそうに樹冠を揺らした。

○

眷属製神域内。地面に根を張る一本の大木を前に湊が立つ。

指先から繰り出した細い風の帯をその太い幹に巻きつけ、上方へと押し上げていく。鋭利な筒状の風刃に切り落とされた枝が次々と地面に落ちた。上空まで土埃《つちぼこり》が舞うも、近くにいる湊と山神にはかからず、跳ね返される。常時、己たちの周りだけを風の膜で覆い防いでいた。

樹皮まで向かれていく様を傍らで鎮座し、眺めていた山神が頷く。

「うむ。実に小器用」

「結構慣れてきたからね。身体が軽くなってやりやすくなったのは、雷様のおかげかも」

肩を摑み、片腕を回す湊からは、以前の悔しげな様子はない。修行に明け暮れ、既に十日経つ。ようやく己の思い通りに風を操れるようになった。風力の扱いに手こずり、無駄に力が入り、常に身体が強張っていたが、今は自然体となっている。雷神がさりげなく調整していたのが、功を奏したのだろう。白い尾が機嫌よさげに振られた。

さらには渦巻く風で枝葉を一ヶ所に集め、小山を築くまでになった。風神とは明らかに方向性が違う。

山神が小山にゆったりと近づく。

「人には向き不向きがあるゆえ、それもまたよし」

「だろ」

「己が道を往くがよい」

「おう」

一人と一柱は、細かいことにこだわらない。

三本まとめて、五本まとめて、と帯状の風刃を同時展開し、生木に変えていく。一体いくつまで一緒にできるのか。限界への挑戦を真剣に、かつ楽しんでもいる姿を山神は枝葉のクッションの上に寝転んで見守った。

これほど的確に力を使いこなせるようになったのならば、そろそろ修行も終わらせていいだろう。思案しながら、くんと鼻を鳴らす。青葉の香りがやや薄い。

「まだまだぞ。これでは人間にすら疑われよう」

「頑張ります」

「次こそは」

「ええ〜、こんなもんでしょ〜？　山神の匂いが濃すぎるんじゃないの」

「なんだと？」

眷属の声が降ってくる青空を、大狼が睨みつけた。

やがて周囲の大木すべてを剝き終える。すると一瞬で、景色が切り変わった。

「すげえ。今の面白かった」

呑気に喜ぶ湊と寝起きの山神が立っていたのは、草原だった。眼前に、クスノキの丸い樹冠が山肌を覆う高山がそびえる。山の傾斜に沿い顔を上げると、首が痛くなるほど高い。

大あくびし、眼を潤ませた大狼が告げる。

「最後にこの小さき山、我の半分にも満たない、このささやかな山の木を刈り込むがよい」

「大きさってステータスなんだ？」

人間には図り知れぬ。ふんぞり返る大狼に見守られ、風の刃を山肌に滑らせていく。最初は一枚、次は二枚同時に。根本から山頂に向け、さくさくと刈り上げる。最後に五枚の刃を放ち、樹冠を刈り尽くした。かくして庭師顔負けの技を習得し、修行を終えた。

○

楠木邸を囲うようにそびえ立つ大樹により、家の敷地外に散乱する落ち葉の量はかなり多い。それなりの時間をかけ、湊が熊手と竹箒を駆使して掻き集めていた。

マフラー代わりに巻いていたタオルで額の汗を拭う。足元の枯れ色の山を眺めていると、山神が裏門の格子戸を鼻先で押し開け、出てきた。

「折角だし、焼き芋でもしようか」

「ああ、それもよ、」

途切れた声に顔を上げる。黒い鼻先が向く先、山沿いの小道を歩いてくる麒麟の姿があった。俯いており、足取りも重そうで真珠の輝きも鈍いような気がする。

鼻筋に皺を寄せた大狼が、眼を眇める。

「穢れておる。どこぞで憑《つ》かれてきたな」

「……俺が近づいたら、逃げそうだな」

メモ帳をポケットから取り出したものの、さすがに投げつけるわけにはいかないだろう。躊躇っていると、山神がパカリと大口を開ける。ほい、と差し出せば、尖る牙で噛んで咥えた。

己の後方に黄色い果実を浮かせ、牛歩の麒麟が近づいてくる。顔を上げる前に、湊が裏門の内側へと身を隠した。

広範囲に翡翠色を放つメモ帳を咥えた山神がのったり近寄ると、あっという間に、麒麟を取り巻いていた瘴気が消え失せる。深く息をついた麒麟が眼を伏せた。

「面目ありません」

「ふがふが」

なんとも間の抜けた応えを返し、大仰に頷く。それを裏門から片目だけで覗き見ていた湊が「山神さん、いまいちしまらんな」と結構失礼なことを呟く。ギヌロッと鋭い眼光で振り返られ、さっと門柱に隠れた。

○

焼き芋は秋の醍醐味である。木枯らしに吹かれ、野外で燻《くすぶ》る焚《た》き火《び》を囲い、食すのが一番おつなもの。だが、敷地の外はやはり寒い。すっかり常春気候に甘やかされた湊は、落ち葉を庭に持ち込んだ。

半袖、クロップドパンツの軽装で、燃えかすとなった残骸から、黒ずんだアルミホイルの塊をトングで掘り出す。わずかに涎を覗かせる山神の前に、ごろごろと転がしていった。

絶えず振られる尾が起こす風を半身に受けつつ、湊が縁側へと視線を流す。そこに置かれた皿には黄色い星形の果実が並んでいる。麒麟の置き土産、スターフルーツだ。その麒麟といえば、果実を山神に渡し、帰ってしまった。後ろ髪を引かれるように、幾度も楠木邸を振り返りながら。

「ここにいたいなら、いていいのに」

物憂げにぼやき、軍手を嵌めた手でホイルと新聞紙を剝がし、薩摩芋を二つに割る。キメ細かい黄金《こがね》色から甘い香りと湯気が立ち上った。ふごふごと鼻を鳴らした大狼が、縁側で呑んだくれている霊亀と応龍の方へと耳を傾ける。

「麒麟は麦酒《ビール》が好きらしい」

瞬いた湊が横を向く。大杯にかじりついている亀と、龍がワイングラスを抱えて浮き始めた。彼らの仲間だ、ならば酒好きに違いない。

さも納得がいった表情になり、薩摩芋の皮を手早く剝いて山神の皿に置いた。

「明日買ってくるよ」

あいにく誰もビールは呑まないため、この家には常備されていない。不意に霊亀が顔を上げる。はふはふと天へと向けて蒸気を吹き出していた山神が、飲み込んで代弁した。

「麦酒擬《もど》きでは罷《まか》りならん、と」

「わかってるって」

十分予想の範囲内だ。庶民の味方であるお手頃価格の物ではお気に召すまい。湊の中では、神様イコール高級志向との認識である。

「味にも、すげえうるさそー」と笑い、スターフルーツへと手を伸ばす。

日本酒を呑み上げた霊亀と宙を漂う応龍が、揃って深々と頷いた。

○

しゅぽんっ。瓶ビールの栓を開けた瞬間、独特で爽快な音が庭に響く。山側の大気が揺れた。かつてない激しい光線が塀の上から放たれる。熱い、背中が燃えそうに熱い。

とくとく。水音を立て、卓上のジョッキを傾けて注ぐ。瓶には、麒麟に似た姿が描かれたラベル。共喰いだのなんだの冤罪《えんざい》をかけられたのを思い出し、購入してきた、かの有名ビールだ。

ごくり。いやに生々しい音が背後から聞こえた。

ゆっくり、ゆっくりと。焦れったいほどの時間をかけにかけて注ぐ。断じて今まで好き勝手に言いたい放題言われたゆえの意趣返しではない。断じて。

ジリッと土を踏む音。先ほどより音が近い。近づいてきている。

釣れた。己の目論《もくろ》みが成功し、自ずと顔がにやけてしまう。抹茶碗から香り立つ湯気を髭で受ける山神が、横目でほくそ笑む湊を眺めやった。

抜き足差し足忍び足。かと思えば、三歩進んで二歩下がる。かすかな音を立て、じりじりと近づいてきている。クリーミーな泡で表面が覆われたジョッキを霊亀、応龍の間に何食わぬ顔で静かに置いた。

ばびゅんっ、と三メートルの距離をひとっ飛び。麒麟がかぶりつきでジョッキを覗き込み、鼻先に泡を付けた。ここまで接近したのは、山神宅で助けて以来になる。輝く尻尾が左右へと振り回され、びたびたと体を叩かれた霊亀が呆れた眼を向ける。応龍は鬱陶しげに尾で応戦した。

ビールに心を奪われている麒麟が、すぐ傍にいる湊を上目で窺う。怯えている様子は微塵も見受けられない。

念のため声を出さず、召し上がれ、と意味を込めて手のひらを向けると、勢いよくジョッキに顔を突っ込んだ。湊が横を向き、拳で口元を隠して身を震わせる。それに構わず、心ゆくまでガツンとくる喉ごしを堪能していた。

あっさり捕獲に成功した麒麟も、それからは庭で過ごすようになった。

概ねクスノキの木陰や太鼓橋にいる。もう湊が傍に近づいても、逃げなくなったが、やはり熱き視線を寄越してくる。さすがに気にしてはいられない。キリがないうえ、害もない。背中がむず痒《がゆ》いくらいだ。

安寧を手に入れた麒麟だったが、人間観察はやめられないらしく、時折ふらりと世界旅行へと出掛け、果実を持ち帰ってきてくれる。


そんなまったり平穏な時が流れる楠木邸に、客人が訪れる。毎度のお得意様、播磨だった。表門外に立つそのやつれた姿を、出迎えた湊が目にして啞然となる。ひどい有り様であった。

珍しくコートを脱ぎ、縁側に力なく座す姿は、この家に初めて足を踏み入れた時と同じく、草臥れている。身なりは整っているものの、寝ていないのであろうことが丸わかりな、倦《う》み疲れた面持ちだ。

湊がさりげなく山神を見やった。珍しく席に着いておらず、窓際で寝そべっている。その眼は卓上の手土産へと熱心に注がれているけれども。

傍で重圧神気を撒き散らす存在がいないせいか、播磨が緊張している様子は見受けられない。若干動きが緩慢な播磨に護符を渡しかけると、その黒い袖が揺れた。播磨が御池を見やる。御池の大岩には、瑞獣たちが並ぶ。麒麟が興味津々とばかりに身を乗り出し、前に進み出た応龍がその鋭すぎる視線を遮った。

播磨は気配に敏《さと》い。視えてはいなくとも、なにがしかの存在を感知しているようだ。麒麟の視線が強すぎるせいもあるだろう。

護符を手にしたまま、しばしぼんやりと庭を眺めた播磨が深く息をついた。

「かなりお疲れのようですね」

「……そうでもないが」

見るからに矜持が高そうだ。そう易々と弱音は吐かないだろう。しかし毎回、取引が済めば即座に席を立つというのに、今日は動こうとしない。播磨は訪れた際、よく庭を眺めている。それなりに、ここの景観を気に入っていると思われる。

花が一切ないのがやや寂しいが、鮮やかな緑の神庭は、目にも心にも優しい。身体の疲れは取れずとも、心は癒《いや》されるであろう。天然芳香剤たる大狼の森林の香りも、いつもより濃い。ここで過ごす時間が長ければ長いほど、いいに違いない。

滞在時間を引き延ばすべく、お茶のおかわりを取りに席を立った。

数分で湊が戻ると、播磨が卓上に突っ伏している。お盆を持ち目を丸くする湊の足元で、山神が身を起こした。

「他愛もない」と軽く告げ、卓上の甘酒饅頭包みに鼻を寄せる。

「や、何言ってんの。まさか寝た？」

横から覗く。眼鏡をかけたままだが、穏やかな寝顔だった。とんぼ返りで室内に戻り、取ってきたブランケットを小さく上下する肩にかける。体勢も格好も決して休息によくはないが、珍しく足も崩していて、幾分かはマシだろう。

山神が遠慮なく、甘酒饅頭を平らげていく。

「ぬう、十三代目よ、甘い、甘いわ。全く鍛錬が足りておらぬぞ。この程度の腕前では十三代目を名乗るなど、夢のまた夢よ。十二代目と雲泥の差、天と地、月とすっぽん」

「文句言い過ぎ」

普通の声量、朗々と響く声に小声で諌《いさ》めた。まったく配慮する気はない山神が、十三代目作の白色甘酒饅頭をほぼ丸呑みで食べ終える。さすればお待ちかね、十二代目作の桃色甘酒饅頭だ。眼を閉じ、丁寧に、丁寧にゆっくりと味わう。まるで口直しといわんばかりに。

「そんなに違うものかね。どっちも美味しいと思うけど」

白甘酒饅頭を二つに割る湊に山神が首を振る。

「この差がわからぬか。ぬう……なんとも言い難い。されど、それはそれで幸せであろうな」

「まあね。こだわりが強過ぎると生きづらそうだ。大抵の食べ物はなんでも大丈夫なのって楽でいいよ」

「先日、帽子には相当こだわっていたようだが」

「それは別。物は厳選して選んでおけば、数年どころか、十年以上買わなくて済むし」

以前ともに買い物に赴いた際、山神は帽子選びに長時間付き合ったことがある。その時湊は結局悩むだけ悩んだだけで買わずに終わってしまう。山神は理解し難いモノを見る眼で湊を見ていた。

「また今度帽子を探しに、」

かすかに唸った播磨が身動《みじろ》ぎし、言葉を切る。一方山神は気にもせず、最後になった桃色の甘酒饅頭に鼻を寄せ、香りを堪能するのに忙しい。湊も饅頭を口に運んだ。

勢いよく顔を上げた播磨と、もごもごと口を動かしている湊の目が合う。呆けた顔の播磨は、いまいち状況がわからないまま素早く周囲に視線を走らせる。そこでようやく己が寝落ちしたのだと理解したらしい。身を起こし、肩に掛かっていたブランケットを取り丁寧に畳む。気まずそうだ。

その様をずっと眺めていた湊が、饅頭を嚥下《えんか》する。

「甘酒饅頭、頂いてます。すげえ美味しいです」

「……そうか……」

「播磨さんもどうですか」

新しいお茶を入れ、播磨の前へと置く。大きく息をつき、礼を述べる顔色は来た時に比べ、見違えるくらいよくなっていた。だが恐らく寝不足は慢性的なものだ。うたたねをしたくらいでは解消できるはずもないだろう。

寝る暇もないほど仕事に追われているのか。何か大事《おおごと》が起きているのか。陰陽師という特殊な職業のうえ、守秘義務もあろう。あえて尋ねはしない。できるだけ休めるうちに休んでほしいと思う。

「ここでもっと寝ていかれても、俺は一向に構いませんけど」

「……いや、十分だ。すまない」

「ぬぅ、もうなくなってしもうた……」

しょんぼりと名残惜しげに山神が嘆く。播磨が白色の甘酒饅頭の包みを剥がした。


「あの者、ただ者ではありますまい。一体何者か」

播磨が寝ている間は大人しくしていた麒麟だったが、目覚めた途端にまたもかぶりつきでガン見する。大岩の端ギリギリの位置を陣取り、縁側の監視に余念がない。

太陽光を尖る甲羅で受け止める霊亀が投げやりに告げる。

「どうせならばもっと寄りついて、近くで見ればええぞい」

「それは嫌です」

真顔できっぱりとお断りを返された。興味はあれど、人間の傍に寄るなど基本、断固拒否である。筋金入りの人間嫌い麒麟だった。

どうやっても注視をやめない麒麟に業を煮やし、諦めた応龍が御池に飛び込む。くるりと体を反転させ、己が領域の岩場の上を横切っていく。荒い動作にさざ波が広がり、囲いの岩で水飛沫が散った。

第10章　いざ、出陣

ささやかなつむじ風の中で木の葉が舞う。手の上に渦巻く風柱の中で複数の葉が舞い躍る。その回転速度が速くなったり、遅くなったり。上昇回転に合わせ、木の葉たちが天井近くまで上がる。今度は逆回転に変わり、下へ。座卓を囲うテン三匹が見守る前で、湊が自在に風を操る。急激に変化する回転速度。回り続ける木の葉。湊の横に座り、食い入るようにそれを見つめていたウツギが目を回した。

苦笑した湊が風を止め、木の葉を宙で集め、重ね合わせ、音もなく卓上に下ろす。小器用さを遺憾なく発揮し、一切触れることなく、風の力だけで行った。

対面から眺めていたセリが、持っていた青葉をその葉束の上にそっと重ねて置く。

「湊は几帳面《きちょうめん》ですよね。そういうところ」

「散らかすと片付けるの面倒だし」

「まあ、そうか」

ふらつくぐるぐるおめめのウツギを、トリカが横から支えながら頷いた。

「もう完全に風の力を扱えるようになったな」

「まだ風神と比べるのすら、烏滸《おこ》がましいレベルだけどね。制御できるようにはなれたから、力を暴走させることはないと思う。俺は、大技より小技の方が得意みたい」

嬉しそうに笑う湊が卓上を片付け始める。同時、おのおのの皿に盛られたクッキーへと、手を伸ばしかけていた三匹の動きが止まる。その様子で湊も気づく。彼らはよそからの侵入者に、殊更過敏に反応する。どうやら来客らしい。

一度取り出した硯を元に仕舞う。その横で、ウツギが素早くクッキー五枚を、口へと押し込んだ。

咳《せ》き込んだウツギを含めたテンたちが屋根上へと上がった。その真下、やや強張った表情の播磨と、ひどく申し訳なさげな湊が座卓を囲う。播磨は、今日も草臥れていた。前回楠木邸でうっかり寝落ちした時以上に疲弊している。そんな彼に、さらに無理させてしまったのかと、罪悪感に苛《さいな》まれていた。

身体を縮める湊をよそに、二人の間に挟まる形の山神は、何がなんでも絶対に席を外さない不動の構えである。最高潮の気分に合わせ、高速で尻尾を振り続けている。

なぜなら本日の手土産は、かつてないほどの豪華さだからだ。

和菓子を筆頭に、洋菓子、日本酒、ワインが座卓に所狭しと並ぶ。どうやら、前回の護符に書いた物をすべて持ってきたようだ。さすがに湊もやり過ぎたと反省した。これ、総額いくら使ったんだろ、と青い顔になっている。もう手土産とは到底言えまい。賄賂か。

なぜだ、店名を書いたのはいつものごとく二枚にしていたのに。あれか、店名はなくともわかる商品名だったからか。ワイン最高峰たるロマネ・コンティの名を記したのは、ほんのちょっとした出来心でして。

背中を冷や汗が流れる。畏まった播磨が口火を切った。

「……折り入ってお願いしたいことがありまして」

「俺にできることなら、何でも」

誠心誠意全力でお応えしたい。ここまでされて、いや、させてしまえば断れるはずもない。表情筋を引き締め、背筋も伸ばした。が、卓上の和菓子エリアを彷徨う鼻面から、掃除機並みの鼻息が聞こえるせいで、緊張感が保てない。しかもそればかりだけでなく。

「……ぬぅ、このこし餡、初の香りよな。塩豆大福か……いや、麩《ふ》まんじゅうであろうか。それとも——」

予想に忙しいかと思えば。

「ぐぬぅ、こうまで物が多いと匂いが混じってかなわぬ。手前の洋菓子の香りが邪魔ぞ。主もだ、越後屋。出来立てであることは喜ばしいが、いささか主張が過ぎよう。脇によれ」

などと独り言のひどさよ。込み上げる笑いの衝動を抑えるべく、歯を食い縛り、正座上に握った拳を力の限り握りしめた。

だというのに、変わらぬ吸引力を世界に知らしめていた大狼が、スッと視線を湊に向ける。眼を弓なりにしならせ「よもぎもあるぞ」と要らぬ情報を教えてくれる。勘弁してほしい。答えようがないのだが。とてもではないが笑っていい場面ではないと、腹筋に力を入れた。

浮かれきった山神のいる場所を気にしつつ、播磨が落ち着きのない湊に語り出す。

曰く、現陰陽師が束になっても敵わない怨霊が巣食っている場所があり、そこへ出向いて祓ってほしいと。しかも、かなり危険な相手なのだと。

なんと怨霊退治の依頼であった。思いもよらない内容に、怪訝な表情になった湊が首を傾げる。

「やれと言われるならやりますけど、どうして俺に？」

「その場所は我々のいる現世ではなく、特殊な異界になるんだ。ここと同じような……。君は、ここに住める。住むことを許されている人だ」

「……はあ。まあ、普通の場所じゃないですからね。ここ」

楠木邸の敷地内に入れば、嫌でも気づくことだ。隠せるはずもない。厚手のチェスターコートを着こんだままの播磨は暑いだろうな、と薄手のカーディガンを羽織っただけの湊は思う。

ちらりと大狼を見やる。播磨の近くにある越後屋の包みを恨めしげに睨みつけ、ぶつくさ文句を垂れている。しかし耳だけは播磨の方を向いており、会話は聞いているようだ。

播磨が背筋を伸ばし、硬い声で続けた。

「事の始まりは、お祓《はら》いをしてほしいと寺に持ち込まれた一体の人形からだった。その日から立て続けに、寺の関係者にも異変が起こったらしい。当時祓える者が他界したばかりで誰も祓うことが叶わず、気がついた時にはその人形が怨霊と化していた。今では霊障があまりにひどく、人が近づくことすらできない」

一旦言葉を止めた播磨が、わずかに身動ぎする。顔は湊の方を向いていても、山神を気にしているのだろう。

「……その怨霊は恐らく元神だ。異界は穢れた神域だろうと思われる。通常、招かれた者だけしかそこに入れないが、君であれば……入れる、と、おも、」

「我の力を当てにするか」

感情のない重低音が遮った。

決して怒鳴ったわけではない。されど脳が揺さぶられるほどの衝撃が、湊にまで襲いかかる。総毛立ち、血の気が引いた。まともに神威を喰らった播磨は顔面蒼白《そうはく》になっている。

顔を上げた神たる獣から、冷涼な神気が迸《ほとばし》る。全身の白い毛が逆立ち、揺らめいた。押し寄せる、圧倒的神の力。その場から一気に春の陽気が消し飛び、極寒の冬、到来。先ほどまでの蕩けきった顔とは全く違う威厳に満ちた神の顔が、ただ静かに凍りついた播磨を見下ろす。睥睨するその眼の冷厳さに戦いた湊の身体が、無意識に逃げを打った。

そんな加速度的に緊迫感が高まる最中、ひょっこりと軒上から三匹のテンが逆さまの顔を出す。皆、険しい面持ちだ。セリが厳しい口調で咎《とが》めた。

「山神、やり過ぎです」

「だな。いくら気軽に利用できると思わせないためだとしても、あんまりだ。怯えきってるぞ。かわいそうに」

「ちょっとぐらい聞いてあげてもいいでしょ。いつもその人からお菓子もらってばっかりのくせに」

「心が狭い」

「そうだ、そうだ。図体《ずうたい》はデカイくせに」

やいやい抗議してくるトリカとウツギを、「喧しいわ」と山神が軽くあしらう。そして気配を緩めた。即座、張り詰めた空気が霧散する。ゆったり尻尾を揺らめかせるいつものユルい調子に、湊が深々と息を吐き出す。がくりと項垂れた播磨が座卓に手をついた。息もたえだえで、微弱に震えており、よほど心胆を寒からしめたのだろう。

大狼が顎を斜め上へと上げ、尊大に鼻を鳴らす。

「まあ、よい。たまにはよかろうよ。いつも見上げた心意気ゆえ、な」

一度大きく深呼吸した湊が、山神の方を向く。

「……山神さんの力があれば、そこに入れるってこと？」

いまだ萎縮した身体から完全に力を抜くことはできなかったが、努めて明るい声で尋ねた。播磨がびくついたが、もう気にしない。今さらだ。

播磨も姿勢を正すが視線は上げられないのか、座卓に置いた手の上へと落としたままだ。

遠慮のなくなった山神が鼻先で洋菓子の箱を横へと押しやる。ズズズと菓子の海を掻き分けて進む箱を播磨が凝視する。彼には、ひとりでに動いているように見えているだろう。陰陽師という職業柄、怪奇現象に慣れているのか、そこまで驚いてはいないようだ。

強くバターの匂いを発する包みをどかせば、そこには目当ての黒い箱がある。銀のリボンで結ばれた格調高き和菓子箱。巨大な黒い鼻が、箱を満遍なく嗅ぎ回る。いつもであれば気を使い、触れないようにしていたが、知られた今となってはお構いなしだ。カタカタと箱が動くせいで、周囲の菓子箱が押しやられる。

哀れ、越後屋。斜めに傾ぎ、座卓から落ちかけた。

ところがどっこい、そこに救世主現る。播磨にそっと手で押さえられた。おかげで十三代目作の甘酒饅頭包みは、事なきを得た。

「無論。我、山神ぞ。ぬぅ、これは、なんぞ。こし餡であることは紛れもなかろうが。にしても、ここまで厳重に包まんでもよかろうよ。どうせ剝がして捨てるというのに」

「力を貸してくれるということ？」

「うむ、構わぬ。そやつに云うてやれ。ちと脅かし過ぎたようだしな」

「播磨さん。山神さんが力を貸してくれるそうです。あと、その銀のリボンの菓子はなんですか」

「……ありがとうございます。駿河《するが》本舗のあんころ餅です」

黄金の眼に彗星《すいせい》が走り抜け、巨躯を大きく震わせた。全国に名を馳せる有名銘菓。是非とも食してみたいものよ、と雑誌を見て呟いていた都会のハイクラスあんころ餅である。お取り寄せはない。うずうずと体を揺らす大狼にほっこりしながらも、やはり恐ろしい神様なのだと改めて思い知らされた湊だった。

六日後、早朝。ペンダントライトが煌々と灯《とも》る楠木邸ダイニングで、テーブルを前にして、湊が静かに佇む。落とされた視線の先に並ぶ、山神宅産和紙護符。神水入り墨液注入筆ペン。予備として数種類のペン。そして、元祖メモ紙護符だ。以前のペラペラ更半紙ではなく、厚紙タイプである。奮発した。

それらすべてをダウンベスト、パーカー、カーゴパンツのポケットに分散して入れていく。最後にボディバッグにも、びっしりと文字を綴った和紙の束を詰めた。

一日に祓う力を込めて書ける枚数は、そう多くない。ゆえに播磨から依頼を受けた後、五日をかけて作成した物たちだ。

「よし」

全部入った。若干ポケットが膨らむほどに。昨日は万全を期して一日寝倒し、体調はばっちり。すこぶる健康体といえよう。とはいえ声も動きも硬い。怨霊退治は一度しか経験がなく、ずぶの素人だ。さらには悪霊が蔓延る異界など何が起こるか予測すらできない。緊張するなという方が無理であろう。

現場はのっぴきならぬ状況らしいが、門外漢が馳せ参じたところで役立つまい。下手をすれば邪魔にしかならない。

だからこそ、入念に準備を整えた。思った以上の量になってしまった。動きが鈍る。

「……ペン、減らすか」

ポケット一ヶ所につき一本はさすがにやり過ぎた。右側のポケットのみに仕込み直し、やにわに、腕を上げて、下げて。しゃがんで足を曲げて、伸ばして。動作に問題なし。大きく頷いた。

玄関から外へ出て鍵をかけ、裏へと回る。世間の気候に合わせて選んだ冬服が暑く感じる、陽気が満ちた庭園を静かにトレッキングシューズが進む。縁側の中央、座布団の上に鎮座する大狼の対面に立った。なるべく明るめの声を心掛ける。

「山神さん、留守を頼みます」

「うむ。十二分に気をつけろ」

大仰に告げ、尻尾を左右に振るのを見納め、頷いて背を向けた。

御池にせり出す大岩の上、霊亀と応龍が静かに佇み、小径を歩く湊を見つめている。二柱にも同様に挨拶をする。

「いってきます」

霊亀が首を縦に振り、応龍が深々と頭を下げた。振り返った湊がクスノキと向き合い、青々と茂る葉を見上げる。

「できるだけ、早く帰ってくるよ」

さわさわと樹冠が震えた。片手を上げて裏門へと歩き出したその後ろ姿に向かい、柔らかな風が吹く。クスノキの最上部から、ひらりと一枚の青葉が舞う。吸い込まれるようにパーカーのフードへと入っていった。

それを神々だけが、静かな眼で見ていた。

裏門の扉を開ける。一歩、敷地外に足を踏み出すと、冷えた空気に全身を包まれた。吐く息が白い。呼吸するたび、身体の芯まで冷えていく。世間は凍《い》てつく冬だ。寒風が吹く中、テン三匹が外に並んで待っていた。彼らとともに現地へと赴く。

目的地は、他県。町中にある小高い山の麓に建つ寺院だ。

山神は山の神であり、基本的にこの地から動かないものである。修行の成果を見せてみよ、との使命を仰せつかった彼らの顔つきは、凛々《りり》しく頼もしい。

浅く笑った湊が、ボディバッグのベルトに手をかけた。

「お待たせ。行こうか」

「忘れ物ない？　もちろんお菓子は忘れてないよね」

「ウツギ」

抑えた声で諌めたトリカがウツギを小突く。端にいたセリが額を押さえた。

○

右を見て。ぶ厚いガラス扉の向こう、ガラスケース内に洋生菓子が整然と並んでいる。白い生クリームたっぷりのショートケーキ。こっくりとした深い茶色のチョコレートケーキ。こんもりと盛られた色とりどりの果物が乗るタルト。バターてんこ盛り使用のケーキたちから、魅惑の誘いがかかった。

左を見て。全面ガラス張りの向こう、店内の木棚にパンが行儀よく並んでいる。具材が溢れた惣《そう》菜《ざい》パン、チョコ、ジャムが零れんばかりの菓子パン等々。籐籠に山と盛られた表面がてりてりの悩殺バターロールが手招いた。

ごくり。通りの真ん中に立ち止まったウツギが大きく喉を鳴らす。気を抜けば涎が垂れそうだ。左右には、魅惑の洋菓子店とパン屋。一体どっちを向けばいいものか。幾度も左右へと振られ続ける首は、とどまる所を知らない。

食べたい、食べたい。今すぐ駆け寄り、口いっぱいに詰め込んで嚙みしめ、食べ尽くしてしまいたい。

けれども。ぐぐっと手を握りしめ、足を踏ん張り、己を律した。

駄目だ。己は物見遊山に来たのではない。湊に手を貸すために、ここへ来たのだ。山神に託されたお役目を果たすために、遠路はるばるここまでやってきたのだから。

駄目だ、駄目だ。絶対に駄目だ。我慢しなければ。

ウツギは硬く硬く両の眼を閉ざし、誘惑に流されてしまいそうな、己の煩悩を視線ごと断ち切った。悲しいかな、その鼻はうごめき続けているけれども。


順調な道行きであった湊一行だったが、まさかのハニートラップならぬバタートラップにかかり、足止めを食らっていた。あとほんの少し。徒歩十五分程度で着く予定だというのに。

カーゴパンツの脛《すね》部分を鷲掴み、ウツギがぴるぴると震えている。必死に己と戦う健気な姿を見下ろし、大層罪深いと湊は思う。

ウツギのみならず、反対側の足元にいるセリとトリカも、しきりに左右へと鼻を向けて匂いを嗅ぎ続ける。完全に意識を絡め取られていた。無理もない。彼らは初めて、食べ尽くせないであろう膨大な量の洋菓子とパンを目にしたのだから。


早朝から楠木邸を出発し、タクシー、新幹線、快速を乗り継いでたどり着いたのは、とある歴史ある町だった。

スマホのアプリに導かれ、迷うことなくすんなり到着。駅を出て、まっすぐに延びる煉瓦《れんが》道の両側には古色蒼然《こしょくそうぜん》とした店舗が軒を連ねていた。やがて午後二時になろうという時間帯。空には薄い雲がかかり、太陽からの恵みはささやかで、気温も低く肌寒い。

立ち往生する湊たちの頭上を大型の鳥が、鋭い鳴き声をあげて横切っていく。店先に立つのぼり旗が寒風に煽られ、騒がしい音を立てる。身動きが取れず、身体の冷えた湊が肩をすくめた。

あまり家を出ない湊は、出掛けるたび、外気温の下がり具合に戦いている。加えて今回の場所は日本の北側に位置し、楠木邸近辺より明らかに凍てついていて、寒さが骨身に染みた。

湊は外へ遊びに出かけるよりも、家に皆で集まり騒ぐのが好きなタイプである。ゆえに有名観光地であるこの町に初めて訪れたものの、さほど興味も湧かない。観光などもっての他だ。

なるべく怨霊を早く退治して帰りたいが、テンたちの足は根でも生えたかのように動かない。さながら動かざること山のごとし。どちら様の眷属かなど今さら考えるまでもない。

涎を抑えきれない様子の三匹は、移動中に食事は済ませたから空腹ではないだろう。予約されていた個室で周囲を気にせず、駅弁を仲よく頂いたのだ。

神々は空腹など感じないらしいが、眷属は多少感じるようだ。通常の動物に寄せて創ったのだと山神が言っていた。

眷属たちは徒人《ただびと》の目には見えない。

一般席であれば、駅弁の中身が蒸発するかのごとく消えるホラー現象になってしまう。播磨が個室を予約してくれていたおかげで助かった。そんな気遣いに溢れる彼は、既に現地入りしている。

帰りの時間は未定だ。状況次第では泊まりもありうるだろうが、今日中に帰りたい。頑張る所存である。

だがしかし、一歩も前に進めない。にっちもさっちもいきやしない。

通りのど真ん中で突っ立つ湊は無表情だった。ヘラヘラ笑っていれば不気味であろうとの判断である。生気を失った死んだ目が切ない。大勢の行き交う人々が無我の境地の湊を避けて通り過ぎていく。皆一様に訝しげな顔で、コイツ邪魔だなと言わんばかりの顔で。山神と出掛けた時とは、随分様子が異なっている。格の違いだろうか。

いたたまれない湊が見下ろすと、セリもトリカも煩悩に抗《あらが》っているのが見て取れた。彼らは山から出たことがない箱入り。移動中もタクシーで駅に直接乗りつけたので、駅構内しか目にしていない。初の洋菓子店、パン屋に驚き、すべての意識を持っていかれていた。

通りにかすかに漂うパンの焼ける香ばしい匂いも、また強力な罠《わな》といえよう。人間の何倍にもなる彼らの鋭すぎる嗅覚では、一溜《ひとたま》りもあるまい。腹は十分満たされてはいても、洋菓子好きの食欲を刺激してやまないのだろう。

セリとトリカも震える手で湊の脛辺りを摑む。完全に両足を捕らえられた。動けぬ。この事態は予想してしかるべきであった。食後のデザートとして、かの有名なスプーンに戦いを挑む、名物ガチガチアイスを与えるべきであったか。寒かろうとやめておいたのだが。

ともあれ、早いところ怨霊退治して速やかに帰りたい。小声で囁く。

「帰りにケーキとパン買っていこ」

「ほんと!?　いいの!?」

ぎゅむっと閉じていた瞼をすぐさまかっぴらき、キラッキラの眼で見上げてくる。眉を下げた湊が仕方なさそうに笑う。セリとトリカの気配も華やいだ。これぐらいでやる気が上がるのなら、安いものだろう。

山神さんたちへのお土産はどうしようかな、と呑気に思いつつ、動きの鈍い三匹を促し、ようやく足を踏み出した。一拍後。

悪魔が訪れ、リリィン、リリィン。ハンドベルを鳴らす。

真横だったパン屋の木扉を開け、出てきた店員の手元から鳴らされた音。コック服を纏った笑顔の小悪魔が、弾んだ声で歌うように告げる。

「アップルパイ、焼き上がりました～、焼きたてですよ～、お一ついかがですか～?」

ぶわっと香ばしい焼きたてパイの香りをふんだんに乗せた空気弾が湊たちを直撃する。全身を包む、甘酸っぱい林檎《りんご》の香り。つんと鼻に抜けるシナモン特有の香り。とどめに濃厚で馥郁《ふくいく》としたバターの、かお……。

ガタガタと激しく震え、毛を逆立てた三匹が湊の脛にすがりついた。

店の入り口近くで、毛玉三つにがっちりしがみつかれて進退窮まり、そのうえ、にこやかな店員と目まで合った。

これで買わずにいられようか。

外からガラス窓に張りつき見守る三匹の熱い期待に応え、焼きたてアップルパイを三つ購入。店から出れば、ひっきりなしに涎を垂れ流す猛獣たちが迫りくる。

「ちょっと待って。どこか、いい場所は……」

紙袋を抱えて辺りを見回した時、ガアッと濁った鳥の鳴き声が聞こえた。テンたちに遅れ、湊も頭上を見上げる。

そこには、一羽《わ》の鴉《からす》がいた。

全身真っ黒の小型の鴉が、スレート屋根の際に止まり、こちらを見下ろしている。再度、鳴く。今度は少し長めに。ウツギが脛辺りの生地を摑んで軽く引く。同じタイミングで鴉が背を向け、首だけで振り返った。

ついてこい。

そう告げていると教えてもらわずともわかった。

○

先導する羽ばたく鴉に導かれて横道に入り、ついていくことしばし。住宅地の合間、高いフェンスに囲まれた、ささやかな公園があった。申し訳程度に設置された遊具とベンチだけで、人気はない。ここならよさそうだ。

一目散に駆けたテンたちが、滑り台の下に向かう。追いついた湊がアップルパイを渡す。輪になって座り一斉に頬張った。彼らが互いの体で隠し合っても全く意味はないが、人目を憚《はばか》りこそこそする様子がいじらしく、黙っておいた。

通りに面する側に湊がしゃがみ込む。これで万が一の人目は遮れるだろう。

「り、林檎が、しゃきしゃきですっ」

「パイとはこんなにもサクサクの歯触りなのか!?」

「……もごもごっ!!」

「ウツギ、全部飲み込んでから話しなさい」

「行儀の悪い。一気に詰め込むからそうなるんだぞ」

「……ッ」

背後から絶賛の声といつものやり取りが聞こえ、肩越しにペットボトルを差し出す。即座に持っていかれ、喉を鳴らして飲み干された。

湊が公園出入り口の両側に立つ石柱を見やる。そこには案内してくれた鴉が止まっており、こちらを見ている。鳴くこともなく、動くこともなく。

待っている。

そう感じられた。極力急ぎながらも、しっかり味わった三匹が湊の背後から出てくる。

「湊、ごめんなさい」

「すまない、迷惑かけて」

「美味しかった。焼きたてってすごいんだねえ、別物みたいだった！」

「いいよ、パイは焼きたてに勝るものはないからね。ところであの鴉、何か言ってる？」

空になったペットボトルを受け取り、バッグに入れて立ち上がる。湊の斜め前に立つセリが振り仰いだ。

「はっきりとはわかりませんが、案内してくれるようです」

「わからないもんなんだね」

「動物は人ほど知能は高くはないし、共通の言語は持たないからな。強い感情をぶつけるように伝えてくるんだ」

トリカが鴉を見ながら補足してくれた。公園の出入り口に向かうと、鴉が飛び立つ。先ほど入ってきた細道とは逆方向へ。皆で顔を見合わせ、頷く。低空飛行の黒い影を追った。


数分後。住宅に挟まれた細道を早足で歩く。両脇には何軒もの家々。広い庭を持つ昔ながらの日本家屋。稀に今時の瀟洒な洋風の家。その合間を縫う、入り組む細道であろうと、決して迷うことはなかった。道案内鳥が鴉一羽だけでなく、相次いで四方の空から羽を持つモノたちが飛来するおかげで。

鴉、鳩《はと》、雀が両側の塀に止まり、鈴なりになって目指す場所へと導いてくれる。一度も足を止めることなく進んでいけた。

頭上に張り巡らされた電線にも鳩と鴉たちが止まっている。無数の視線を一身に浴び、鳴り続ける羽音に急かされるように先を急ぐ。誰も彼も鳴き声一つもあげない。ただ列をなし、湊一行を出迎える。異様な光景だが、ひしひしと期待されていると感じた。

次第に湊の前を駆けるテンたちが、険しい顔つきになっていく。

「……ひどいですね」

「こうまで穢れがひどければ、とてもじゃないが人は住めまい」

「汚い〜、臭い〜」

異様なのは周囲の家もだ。昼日中にもかかわらず、家中のカーテンがすべて閉ざされていた。方々に枝葉を伸ばす荒れた木が目立つ庭、空き家の立て看板つき家も多々ある。物悲しい廃れた気配に満ちた、空虚な区画だ。湊では寂れた景観は知れても、他は何も感じ取れない。深く呼吸すれど、とりわけおかしな臭いもしない。目を凝らせど、これといった汚れも見当たらない。

進めば進むほど、三匹の歩みが遅くなる。濃さを増していく瘴気を、五感で知覚できない湊の表情が曇った。

「大丈夫？　無理そう？」

「まだいけます」

「大丈夫だ」

「いける、いける」

「俺が先に行くよ」

わかった、と三匹が声を揃える。湊が前に出た。歩く空気清浄機と化している湊を先頭に、後ろから囲む陣形に変更する。

テンたちの気配から安堵が滲んだ。修行により、穢れ耐性は上げたが、周囲の穢れ具合のひどさに辟易する。

視界は最悪だ。臭気も同様に。

雲に遮られつつあるが、いまだ太陽が健在であろうと、前方から大波のごとく流れてくる瘴気により、一帯は夜と見紛う様相を示していた。そんな中、服のあちこちに忍ばせた護符効果で、翡翠色の輝く膜で球状に覆われた湊が進めば、瘴気と襲ってきた悪霊が次から次へと霧散していく。

汚泥の黒を切り裂く一筋の清廉な翡翠の光。湊が活路を切り開いていく。

一気に景色が晴れ渡っていく様は、いっそ笑いが込み上げるほど爽快だ。問答無用で祓われていく元人間、元動物の悪霊たちが、絶え間なくあげ続けている怨嗟《えんさ》の声、断末魔の叫び。その一音すら耳に入らない湊は、きっと幸せであろうと神の眷属たちは思う。


やがて小高い山が見えてきた。

緩い斜面に生い茂る大樹の樹冠に、埋もれる大きな瓦屋根の建物があった。その手前、流れる細川に架かる朱色の橋を境に、ふつりと鳥たちの出迎え行列が途絶える。橋を渡り終えた湊が振り返る。薄曇りの空を背景に、電線、家屋の屋根、塀を鳥の大群が埋め尽くしていた。

まばゆい翡翠を纏う湊に向かい、全鳥が大声で鳴く。思いを、願いを強く込められた絶叫に大気が揺れた。

なだらかな傾斜の道を登れば、二重門が現れた。入母屋造《いりもやづくり》、本瓦葺《ほんがわらぶき》屋根の重層楼門を正面に構えた厳かな寺院。格式高い門を前に、湊たちが足を止めた。掲げられた扁額《へんがく》に記された文字には黒いもやがかかり、読み取れない。

視線を下げると、両脇には二体の金剛力士像が立つ。仁王立ちしたその逞しき御身も、勇ましい表情も薄ぼんやりとしか見えない。

ここに来てようやく湊は、瘴気を視認した。

ゆえに、ひどく穢れ堕ちた場と言える。この寺院はそれなりに有名で絶えず参拝者が足を運んでいたが、相次いで住職、僧侶が不幸に遭い、参拝者も寄りつかなくなり、今では廃寺と化している。

辺りには人っ子一人見当たらず、不気味に静まり返っていた。

浅く息をついた湊が、ボディバッグからスマホを取り出す。操作して耳に当てると、三コールで繋がった。

「……楠木です。はい、今、着きました。播磨さんはどちらに」

『裏門側にいる。君は表門側か？』

「ですかね。金剛力士像があります」

『では表門だ。すまない。俺たちはそちらへ近づくことすらできない』

「……はい」

わりとあっさりたどり着きました、とはとても言えない。

視線を落とせば、両足にぴったり寄り添うテン三匹が、門の中をじっと見つめている。その厳しい顔つきはこの先、決して楽観できないであろうことを如実に物語っていた。

「中に入っていいんですよね」

『……依頼しておいて今更だが、絶対に無理はしないでくれ。……最悪、逃げても構わない』

「やれるだけやってみます」

通話を切り、門と向き直る。延びる参道が門という境界を越え、奥へとまっすぐに続いている。薄闇に染まる四角く切り取られた向こう側に、本瓦葺きの本堂が見えた。

湊と眷属たちが低い石階段をゆっくりと上り始める。

厚みを増した雲が太陽を遮っていく。冬風が吹き荒れ、寺院を取り囲む木々が唸りをあげる。まるで異物を拒絶するかのように激しくざわついた。

第11章　推して参る

門前で横並びになった眷属たちの体から徐々に光が迸《ほとばし》っていく。門から先は、穢れ堕ちた元神が造り出した神域になる。本来、招かれたモノしか入れない特殊な異界を、神の眷属が神力で穴を穿《うが》ち、無理やり道を切り開く。

神域を創れるということは、すなわち壊せるということ。

まだまだ未熟な彼らは、他神の神域を破壊できるほどの力はない。しかし湊一人が通るのに困らない大きさの穴を抉《こ》じ開ける程度には、修行を終えて可能となっていた。

固唾を呑み、傍らで待つ湊の視線の先、空間にぽっかりと親指程度の小さな穴が開いた。すかさず三匹が穴の縁を鷲摑み、抉じ開けていく。薄闇の中、門の中央に湊一人が通るに十分な穴が開いた。三匹に視線で促され、頷いた湊が穴をくぐり、敷地内へと踏み入る。三匹も穴を跳び越えて後に続いた。

神域内は外の景色とは、随分異なっていた。

吹きつけていた風がやみ、寒さは感じなくなったが、名状し難い生ぬるい気温は不快感しか抱けない。奇妙なことに、太陽がないにもかかわらず薄明るく、のっぺりとした灰色の空が広がる、静まり返った不気味な空間だった。延びる石畳の参道の先にある本堂が、ぼんやりと霞んで見える。

先ほどより断然濃い黒色に、湊の喉が上下した。

本堂に険しい視線を向けていたセリが湊を見上げる。

「あの建物内に大元がいるようです」

「あれしかないしね……行こう」

左右、後ろから「応！」と揃いの勇ましい鬨《とき》の声《こえ》。ゆっくりと石畳を進む湊たちの足音だけが響く。本来ならば、荘厳さを湛えた本堂だろう。だがしかし今は違う。耳に痛いほど静寂に満ちた辺りと相俟《あいま》って、薄気味悪さしかない。

歩を進めるたび、視界が明瞭になり、本堂正面にたどり着く。両脇に石灯籠が立つ石階段の先、古びた木製大扉は閂《かんぬき》が掛かり閉ざされていた。その両側にある窓は黒く堂内は窺いしれない。

いざ階段に足を掛けようとした時、周囲にいた三匹が牙を剝き出し、毛を逆立てた。同時、本堂の扉、窓が開く。轟音《ごうおん》とともに閂、片側の扉、窓ガラスが吹っ飛んだ。咄嗟に湊たちが後退《あとずさ》る。爆発的に漏れ出た黒い霧が、急激に迫りくる。その中から複数の黒い塊が飛んできた。だが湊を覆う翡翠の膜に弾かれ、相次いで地に落ちる。

それは、人形だった。

汚れ、朽ちかけた黒髪の日本人形五体が、人体ならばあり得ない方向に手足を投げ出して転がっている。

驚き、後退する湊を狙い、またも突撃。されど次々と一メートルほど離れた位置で跳ね返され、弾《はじ》き飛《と》ばされ、地、階段に積み上がっていく。日本人形、西洋人形、動物を模した物。一様に朽ちかけ、手足が欠けている物も多い。


この寺院は除霊を得意とし、全国から様々な曰くつきの物が持ち込まれていた。

ある日、除霊を一手に担っていた老いた高僧が他界。肝心要の人物がいなくなった後は、ろくに祓える者もおらず、穢れた物が溜《た》まる一方だった。それなりの金額を取っていたゆえに断らなかった結果、悪霊の溜まり場と化したようだ。


途切れなく本堂から湧き出す人形の群れが、湊に向かってくる。

しかしただ、闇雲に体当たりしてくるだけ。転がり落ち、壊れていく人形を見ながら、知恵も意思もなさそうだ、と湊は思う。さほど危機感を感じない中、濃さを増す瘴気が神域内を埋め尽くす。

湊を囲う翡翠の彩度、明度が落ちていく。急速に祓いの効果が薄くなっていった。


予想以上に穢れがひどい。

そう思ったテンたちが駆け出す。護符の数には限りがある。極力温存しなければならない。

目にも止まらぬ速さで人形の群れに突っ込んだ。攻撃対象をテンたちに変えて襲いくる人形たちに鋭い爪、牙で応戦する。跳躍したウツギが、日本人形の顔面に喰らいつき咬みちぎる。向かってきた人形を横に跳んで避けたトリカが身を翻し、黒髪が掛かる後ろ首を爪で斬り裂いた。

鬼神と化した神の眷属たちに千切っては投げられた人形が、見る間に数を減らす。最後のフランス人形の首を、セリが尖る爪で横一閃《いっせん》。前足に絡む長い髪の付いた頭部を鬱陶しげに払い捨てる。

振り返り、鋭い声をあげた。

「湊、護符の効果が切れます」

「わかった」

ボディバッグへと手を入れようとした時、一際黒い日本人形が本堂から躍り出てくる。数メートル先の上空にゆらりと立つ。おどろの長い黒髪、ひび割れた陶器の肌、古びて色褪《いろあ》せた着物。かつてはさぞ、きらびやかで愛らしかったであろう。それが今では目を背けたくなるほど、ひどい有り様に成り果てていた。

追って出てきた多種多様のモノたちが、日本人形を囲い背後に浮く。配下を従え、薄汚れた顔にかかる長い前髪の隙間から覗く昏《くら》い眼。恨み、妬みを込めた憎悪の眼に射抜かれ、湊の背筋が粟《あわ》立《だ》った。今までの人形、背後に従える人形たちの比ではなく、途方もなくおぞましい。恐らく元凶となった人形だろう。

一斉に突っ込んできた。ボディバッグの中、袋の口をほどき、和紙製の護符を摑み出《だ》す。能力を上げた護符は一枚でも、怨霊五体程度は問題なく祓えるのだと播磨から聞き及んでいた。

袋は護符の力を一時的に封印する代物だ。播磨に渡されていたそれから取り出された和紙の束には、墨痕鮮やかな文字列がある。瞬時に祓われ、人形たちが落下していく。中心にいた日本人形だけがいまだ浮いたままだ。膨れ上がる怒気。四方へと広がるざんばらの髪。放たれる瘴気。眷属たちが重心を落とし、身構えた。

「……かなり怒ってますね」

「まあ、一人になったしな。仕方あるまい」

「もお～、うるさーい」

日本人形があげる大音量の金切り声、耳をつんざく呪いの言葉。あまりの耳障りな声に眷属たちが苛立たしげに、石畳に爪を立てる。

ふたたび黒い霧が周囲を覆っていく。瘴気混じりの生ぬるい風に吹きつけられ、息苦しい。湊が盛大に顔をしかめた。

「早く出ていきたい、こんな所」

「同感です」

「早く済ませて帰ろう」

「早く行かないとお菓子屋さん、しまっちゃうんだよね？」

ああ、と応え、和紙の束の半分を宙に放り投げ、突風を起こす。一直線に日本人形に向かう。だが伸びた髪が鋭利な槍《やり》と化し、和紙を貫き、切り裂いてしまう。

「なっ」

間髪容れず唸りをあげてしなる髪が、湊の前にいた眷属たちを薙《な》ぎ払《はら》った。転がっていくテンたちを、視線で追っていた湊にも魔の手が迫る。伸び続ける髪が翡翠の膜に巻きついていく。瞬く間に巨大な黒繭と化した。

ギチギチと音を鳴らし、黒髪の束に締め上げられ、少しずつ狭まっていく。先日、とばっちりで喰らった山神の神威以上の圧だ。恐怖から身がすくむ。徐々に、徐々に、迫る髪とともに、重圧が全身にのし掛かる。激しい耳鳴り、頭痛に耐えきれず、片膝をついた。


塀まで飛ばされた眷属たちが跳ね起きる。唸りをあげて迫りくる髪を掻《か》い潜《くぐ》り、駆け出す。萎《しぼ》んでいく黒繭を三方から囲う、正三角形の配置についた。毛を逆立てた神の眷属たちの眼の色が、黒から黄金へと変わりゆく。

そして中心へと向かい、一斉に大口を開く。

ウオォーーー……ン……

大音量の狼の遠吠《とおぼ》えが放たれた。異界中に力強い咆哮《ほうこう》が轟く。三ヶ所から黄金色の衝撃波が放たれる。黒繭が蒸発するように消え、浮いていた日本人形が地に落ちた。

湊の身体が軽くなる。耳鳴りも、頭痛も、何もかも消えた。顔を上げると、いまだうごめく日本人形が見えた。脱げかかった着物を引きずり、本堂へと向かい這いずっていく。

湊が立ち上がった。握っていた護符の束を放り、風に乗せる。うっすら墨の残る和紙たちが人形

に叩きつけられた。

仰向けに転がる人形を見下ろす。半分以上の髪がなくなり、露になった顔面のひび割れた眼高の中央、剝き出しの眼球が、いまだギョロギョロと動いていた。

どうしてこの人形に、ここまでこの世にしがみつくほどの強い未練があるのかは、わからない。知る由もない。ただ哀れみは覚える。けれども生者、現世にここまで悪影響を与えるモノに、同情するわけにはいかない。

哀れな人形に心乱されぬよう、大きく息を吐き、筆ペンを握る手に力を込める。筆先を表皮が剝げた額に当てた瞬間、バチンと手に衝撃が走った。拒絶を受けても、押しつけたままにしていた筆ペンを強く握りしめる。さらに力を込め、一気に顎まで引き下ろした。湊本来の力に加え、神力により威力が増幅された祓いの太線が入る。すると、眼球の動きも止まった。


元の黒い眼に戻ったテンたちが湊に駆け寄る。その姿は二回りほど小さくなっていた。驚き聞けば、力を使い過ぎたからだという。何も問題ないと明るく笑われ、湊が複雑な顔になった。

「助けてくれてありがと。あとごめん」

「気にしなくていいんですよ」

「そうだぞ。山神のもとに帰れば、すぐ戻る」

「バターケーキ食べれば、すーぐ戻るよ」

苦しげな様子は微塵も見られない、本当に問題ないようだ。とりあえず怨霊はすべて祓えたのだと湊は安堵し、姿勢を正す。

だが。

「……全部は、祓えていないようです……」

残念そうにセリが告げ、三匹は忌々しげに本堂を睨んだ。

「あと少しだ」

「うん。もうちょっと」

トリカの言葉にウツギも頷いた。足元の三匹に、湊は気になっていたことを尋ねる。

「さっきの遠吠えって、山神さん？」

「はい」

「遠隔で神力を送ってくれたんだ」

「すごいでしょ！」

誇らしげな顔たちを微笑ましいと思いながらも、しみじみ思う。

「山神さんってあんな大きな声で吠えることもあるんだ」

「一応」

「大狼なんで」

「だいぶ張りきったみたい」

「初めて聞いたよ」

三匹も頷き、同意した。

さておき、非常に助かった。山神の神力がなければ、今頃どうなっていただろう。想像するだけで恐ろしい、血が凍りそうだ。帰りの土産は奮発せねばなるまい。

和んだのも束の間、本堂へと突入する前に準備しておくべきだろう。服に仕込んでいたメモ紙、和紙をすべて取り出すと、一文字も残っていない。

祓う力を込めて書いた紙は効力が切れると、再び力を込めることはできない。紙の再利用は不可となっている。

真新しいメモ帳を取り出す。確実に、尚《なお》かつ速やかに文字を書き連ねていった。

半分の枚数を字で埋め、開かれた本堂入り口を見据える。

「じゃ、行きますかね」

「応！」と揃いの声を上げた眷属たちが湊の身体に張りつく。左足にセリ、右足にトリカ、頭にウツギ。小さくなった三匹は、さして重くもない。力が弱まってしまった彼らと離れるのは不安だ。皆で固まっていくことにした。

慎重な足取りで扉をくぐると、本堂の中は伽藍《がらん》堂だった。

天上が高く広々とした堂内は、左右に並ぶ窓から差し込む光源により、ほの明るい。しかし本来ならば本尊があるべき場所、内陣の床上に転がる黒い塊から瘴気が漏れ、少しずつ床を這い、範囲を広げつつあった。

だだっ広い板張りの間を奥へと向かう。片手にメモ帳を持ち、ゆっくりと進む。足元に漂う瘴気が、靴に触れる前に掻き消えていく。

丸柱の合間、内陣の前に立ち、見下ろした。そこには人の頭部ほどの黒い塊があり、表面がうぞうぞとうごめく。三匹が湊にしがみつく手に力を込める。

「……元、山の神だ」

「……そっか」

強張ったトリカの声。湊は神妙な気持ちになる。現在楠木邸にいる山神も、もしかするとこうなっていたのだろうかと。神としての威厳も神聖さも何もない、嫌悪しか湧かないただの穢れの塊に成り果てたのだろうかと。

静かな面持ちで、塊の上からメモ紙をばらまいていく。次から次に床へと落ちる白い紙。一枚、一枚、落下途中から文字が消える。

最後の一枚になっても、穢れは完全に祓えなかった。

湊の視界ですら黒もやが確認できる。一度、大きく深呼吸し、ポケットから筆ペンを取り出す。一筆、一筆、祓う力を込めて書き綴る。書いたそばから落とされていく。塊の横を滑り落ちる何枚もの紙片からは、文字が消えていた。額に汗を浮かべる湊は、既に一日に書ける枚数の限度を超えている。震える手で最後の一枚に渾身《こんしん》の力を込めた。

ひらり、と真っ白の紙片が床に落ちる。

塊は色が薄くなり、確実に弱っている。だが完全に祓えてはいない。筆ペンを強く握りしめた。

以前、播磨の手の甲へ書いたように、己の身体に刻むことはできない。眷属の体にも同様に。

焦りながら周囲を見渡す。

「何か、書ける物は……」

「この肩に掛けてるのは？」

「バッグ、布か。やったことないけど試してみる」

ボディバッグを下ろそうと、ベルトに手をかけた。

「うわっ」

頭上から身を乗り出していたウツギが後ろ足を滑らせ、フードの中に落ちた。もがいて暴れるせいで首元が絞まり、湊が仰け反る。

「ちょっ、くるしっ」

「あー！　葉っぱ！　葉っぱが入ってる！」

勢いよくフードから顔を出すウツギの手には、先端が尖る卵形の見慣れた葉があった。神木クスノキの青葉だ。

セリとトリカの顔が輝く。

「これに書けばいけそうです！」

「間違いない。神木の葉だぞ。しかもこれ神気が強い。どうして今まで気づかなかったんだ？」

「まあ、いいじゃない。これで綺麗さっぱり祓える！」

ウツギから手渡された。セリが心配げに、玉の汗を浮かべる青白い顔を横から覗き込む。

「湊、書けますか？」

「やるよ」

力強く答えたものの、倦怠感がひどい。身体は怠いが、やるしかない。

それに。素早く視線を周囲へ走らせる。至る所から、ぴしり、ぴしりと亀裂が入る嫌な音が響いた。

恐らくこの界は、そう長く保たないだろう。

はやる気持ちを抑え、気を静め、葉の表側、裏側に文字を綴る。本来の墨液であれば弾かれて書けないが、神水入りは弾かれない。鮮明な墨色が刻まれていく。

見守る三匹が息を呑んだ。字が増えるたび、葉から放たれる光が増す。翡翠色とクスノキの銀色が、混じり合い、練り合わされ、強大な除霊の光となる。

書き上げ、塊に押し当てる。

さあっと霧が晴れるかのごとく、怨霊が塵と化し、やがて消えた。

代わりに現れたのは、珠だった。

濡れたように輝く桜色がかった真珠色の珠を拾い上げる。霊亀、応龍、麒麟と同じ、見慣れた真珠の光沢が手の中で鈍く光った。

「これ、ってッ」

ビシッと背後から裂けた音が鳴り、弾かれたように振り向く。本堂の出入り口の残っていた大扉が大破、建物全体から激しい亀裂音が炸裂《さくれつ》した。

異界の崩壊が始まる。

建物自体が激しく左右へと揺れた。ふらつく身体に三匹がしがみつく。ほんのわずかの間、少しだけ揺れが収まり、急いで珠をバッグへと入れる。

「しっかり掴まってて！」

床を蹴りつけた。四隅から剝がれ落ちるように崩れる本堂を駆け抜け、外へと飛び出す。数段の石段を一足で跳び下りると、またも立っていられないほどの縦揺れが起こる。近場の石灯籠にしがみついた。


ブレる視界の先、十数メートル先の門が遠い。果てしなく遠い。

止まらない激震に翻弄されながらも駆け出した。

背後から轟音が響く。本堂が上から押し潰されるように崩れ落ちた。砂埃《すなぼこり》混じりの爆風が襲いかかり、つまずき、転倒。それでも三匹は湊から離れない。

門まであと、数メートル。そこまで行けば、ここから出られる。あと少しで、元の世界に戻れる。

歯を食い縛り、這って進む。

だが、現実は無情だった。

定まらない視界に映った光景に、皆一様に目を見張る。眷属たちが抉じ開けた穴が小さくなっていた。テン一匹ですら通れないだろう。

「……どう、して」

「……なんで」

「しっかりと開けたのに」

口々に絶望の言葉が零《こぼ》れ落《お》ちる。風船が萎んでくように異界が狭まり、閉じていく。全方位から押し潰されそうな圧迫感、閉塞感。湊が三匹まとめて腕に抱え、砂利の上にうずくまった。瞬間。

神鳴りが轟いた。

地鳴りを伴う轟音とともに、三日月型の巨大な神の風の刃《ヤイバ》が天から振り下ろされた。潰れた本堂が真っ二つに割れる。異界もろとも一刀の下に斬り伏せられた。

異界の半分に神鳴《かみな》りが落ち、燃え上がる。一瞬にして、神の炎が燃やし尽くした。そして息つくまもなく数多の稲妻が、灰色の空を縦横無尽に駆ける。網の目のごとく張り巡らされ、異界の崩壊を食い止めた。


振動が収まり、バチバチと稲妻の音が鳴り響く中、座り込む湊が振り仰ぐ。

もうもうと白煙が舞う中心に、小柄な黒い人影が二つ。

すぐさま風が巻き起こり、晴れ渡る。露になったのは、ごっそり半分を消失した本堂だった。そこから先は、元の現世に繋がっていた。茜色の空の下、遠くに連なる家々の屋根、電線を埋め尽くす数多の鳥が見え、まだいたのか、とぼんやり思う。幾人かの男女の姿もあり、一番手前に播磨の姿があった。

呆けた湊の目前へ、風神と雷神がすべらかに宙を進み出てきた。

普段通りの飄々とした二柱を見て助かったのだと実感し、安堵の涙が滲む。腕の中で身を強張らせていたテンたちの体からも力が抜け、ダラリと四肢を伸ばした。

「言ったでしょう」

かすかに首を傾けた風神が、屈託なく笑う。

「気に入らないやつの家を、軽く一刀両断できるようにはなるんだよって」

「……あ、はい。……面目ないです」

「先は長そうね～。ま、とりあえず、こんなとこ、さっさと出ましょうか」

頼もしい神々が、脱力して座り込む湊へと手を差し伸べた。

第12章 神庭には今日も春風が吹く

中央にそびえ立つクスノキが、その身に纏う湊お手製しめ縄を揺らし、風と戯れて樹冠をざわつかせる。御池にせり出す大岩の上で、霊亀がのんびり甲羅干しに勤しむ。その傍を応龍が神水を掻き分けて横切っていく。水紋が広がる上に架かる太鼓橋に伏せた麒麟が、こっくり、こっくりと舟を漕《こ》いだ。

柔らかい陽気に包まれた神庭をあますことなく見晴らせる一番いい場所は、縁側の中央だ。そこにいつも通り、堂々と大座布団に寝そべる大狼が大あくびを一つ。その傍ら、湊が座卓に向かい、和紙に字を綴る。それを元の大きさに戻ったテン三匹が、対面と両側から見守っていた。

そしてもう一匹。座卓に乗る、鳳凰《ホウオウ》である。

桜色がかった真珠色のふくふくとしたひよこが真正面を陣取り、湊の手元を食い入るように見つめる。見目は子供だが、中身は霊亀たちと同じく悠久の時を過ごしてきたモノだ。

好奇心旺盛で、なんにでも興味を示す。人間の創り出すモノをとりわけ好み、怨霊に取り込まれていた時間が長かったせいもあり、知識のアップデートに余念がない。湊の異能にも並々ならぬ関心を寄せ、護符作成時には、つきっきりで監視。見た目の愛らしさにそぐわぬ鋭い視線を注がれる羽目になる。書きにくさを感じた湊が身動ぎした。

播磨からの依頼で怨霊退治のため、他県まで赴いたあの日から半月が経った。

怨霊が創った異界は、風神により、たたっ斬られ、雷神により、業火で半分を焼かれた。問答無用で現世への道が開かれ、無事に脱出成功した。一歩、その界を出た途端、四方の空から鳥の大群が飛来し、隙間なく包囲され、ふたたび度肝を抜かれる羽目になった。

彼らが待ち望んでいたのは、真珠の珠だろうとバッグから取り出せば、皆一様に喜び、さえずった。騒音紛いの歓喜を乗せたその大合唱に呼応するかのごとく、珠が強弱をつけて明滅。やがて鼓動に似た光が収まり、珠が溶けるように消え、桜色のひよこが現れた。湊の手の上で元気よく羽をばたつかせ「ぴっ」と力強く鳴き、場がどっとわいたのだった。


その後、耐え難い疲労により現地で一泊を余儀なくされ、翌日、楠木邸に戻った。

のちに山神から聞かされた話だ。

ひよこは、鳳凰。吉祥をもたらす瑞獣、四霊の一角だ。四霊とは、動物四分類のそれぞれの長を司《つかさど》るモノである。

固い殻や甲羅を持つ甲殻類の長、霊亀。

鱗を持つ魚や蛇類の長、応龍。

毛を持つ獣類の長、麒麟。

羽を持つ鳥類の長、鳳凰。


無数の鳥は、己たちの長の身を案じていたのだ。

ちなみに霊亀が初めて楠木邸を訪れた際、湊が妙に道端で甲殻類の生き物から何か言いたげに見られたのは「うちの長を頼みます」という意味だったようだ。彼らの力を借り、楠木邸までたどり着いたという。

なぜ四霊が悪霊に取り込まれていたのか。

それは、霊長の長だからだ。彼らを慕う動物霊たちが集まってくるゆえに、餌として利用された。悪霊は、争い、喰い合い、力を増していく。四霊を餌に動物霊を引き寄せてむさぼり、怨霊化していったようだ。

四霊は瑞獣であり、自ら戦う術を何一つとして持たない。抗う術もなくあっさりと捕獲され、ただただ己の身を守るために耐えていた。長きに渡り取り込まれていた鳳凰は、珠に還《かえ》るまで弱体化してしまった。

霊亀、応龍、麒麟も、いまだ完全に力を取り戻していない。

近頃、霊亀がわずかに大きくなり元の力を取り戻しつつあるのは、楠木邸の庭にいるおかげだ。

湊が新たに作成した表札で護りは万全、本来の神力を取り戻した山神により神域化した場所でもある。悪しきモノなど欠片も寄せつけはしない。安全地帯のここで、ゆっくりと養生できるだろう。

揃った四霊たちは仲がよく毎晩晩酌している。鳳凰は焼酎好きで甘いお菓子もいけるらしく、つぶ餡を好む。こし餡とつぶ餡、どちらが至高か、と山神と頻繁に意見を戦わせている。極めて平和だ。


湊が和紙に流れるように毛筆を滑らせていく。

「ぴっ」

「あ、ごめん」

祓う力の入れ方が少しばかり雑になっていた。鬼教官の手厳しい鳳凰が、気を引き締めてやりなさい、とばかりに卓上をトントンと軽やかに跳ぶ。

バターケーキにフォークを刺す途中だったセリが、眼前のひよこを見やった。

「厳しいですねえ」

「ほんの少しだったぞ」

「細か過ぎない？」

「ぴぴッ!!」

「駄目って、そんな大きな声出さなくたって。カリカリしないでよ、ケーキ食べる？」

「ぴぃ〜」

食べかけバターケーキを手ずから差し出すウツギのもとへ、鳳凰がいそいそと羽をはためかせて向かう。至って扱い易い鳥類の長である。

露天風呂から上がった雷神が、縁側に飛んできた。さらに赤い色になったその足が、床に音もなく降り立つ。

「熱い〜、けど、温泉いいわあ。ついつい長湯しちゃう」

遅れて飛んできた風神が、音もなく磨き抜かれた床に足を乗せた。

「喉、渇いたねえ」

「冷酒要ります？」

嬉しそうに華やぐ彼らをもてなすため、湊が卓上を片付ける。立ち上がろうとすれば、パチンッと山神の鼻から盛大に出ていた鼻提灯《ちょうちん》が弾けた。かっぴらかれる眼。くいっと横を向く耳。盛大に振られる尻尾。期待感を乗せに乗せた濃い神気を撒き散らした。

皆、即、理解。

播磨が来訪したようだ。彼の訪問は依頼を終え、礼として大量の和菓子を奉納されて以来になる。もちろん、全て完食済みだ。

「ようやく来おったか」

ぐるんっと勢いよく玄関の方に向いた鼻がうごめく。

「……今日も間違いなく、こし餡。うむ、大儀である」

満足げな神の声が大気を電波し、田んぼ側の塀の上に乗っていた枯れ葉が吹っ飛んだ。たまには播磨の耳にもその声が届けばいいと湊は思う。

軽く浮かび上がった風神が天上を指差す。

「じゃあ、僕たちは上に行くよ」

「え〜、別にここにいても問題なくない？　だってアタシたちのこと、気づいてるじゃない」

さも不思議そうに雷神が首を傾げる。

その通りだが、正直遠慮してもらいたい。神々が好き勝手に話すおかげで、挙動不審になってしまう。しかし命を救ってもらった二柱に、きっぱりと断りを入れるなぞできるはずもなく。

答えあぐねた湊に向け、バターケーキを貪る四匹の上目遣いの駄目押し。

さらには霊亀と応龍も御池から上がり、鳳凰の住みかである石灯籠を通り過ぎ、こちらへと向かってくる。その後に麒麟も軽やかな足取りで続く。宴会決定のようだ。あえなく敗北した。

「……なるべく、お静かに願います」

やった〜、とはしゃぐ声々を背中で聞き、素早く冷酒を筆頭に酒類を準備する。間を置かず、慎《つつ》ましやかに玄関チャイムが鳴り響いた。


座卓を挟み、播磨と相対する湊が居心地悪そうに正座した足の指を動かす。

卓の片側で大量の酒類、菓子類が次々と消えていく。手土産という名の神への供物である和菓子も例外ではなかった。真横から乗り出してくるウツギに「あれも食べて、いーい？」と訊かれ、滝涎を垂れ流し続ける山神を見やり「……いいよ」と小声で許可を出す。即座、包装紙が剝かれていく。もはや言い訳のしようもない。

彼らは一応、隣神《りんじん》である。

楠木邸の庭を我が物顔で占領している、厚かましさここに極まれりな山神家の面々だが、あくまでもお隣さんだ。勝手にこの家の物を食べたりしない。そこのところの線引きだけはしっかり守り、必ず許可を求めてくる。駄目と言った試しはないが。


不自然なやり取りを前にしても、控え目に端っこに座る播磨はすぐに順応し、涼しい顔でいつものように取引を続ける。鋼鉄製の強心臓をお持ちか、と感嘆する湊も似たようなものである。

「なるほどこの者、陰陽師でありましたか」

「ぴ！」

一番離れた位置でビールジョッキにかじりつく麒麟が播磨をガン見する。その頭上に乗る鳳凰が
「あまり見過ぎるでない」と嗜《たしな》めた。全く聞く耳を持たない麒麟の角を、ひよこが苛立たしげにつつく。

傍らの霊亀が傾けていた大杯を戻す。

「無駄、無駄。言うだけ無駄ぞい」

「完全同意」

いいざま、応龍がワイングラスを回すと、赤紫色の液体が波打った。

雷神が新たな一升瓶の中栓を捻り開ける。

「それにしても肝の据わった人間よね。涼しい顔しちゃって」

風神が盃を雷神の前に差し出す。

「まあ、僕たちの姿一回見せたしねえ」

「あ、そうだった。忘れてたわ」

異界をぶった切り、燃やし尽くすのを遠巻きに見られていた。恐れ戦くその他大勢の中、一人静かに見ていたのだ。

わいわいと好き勝手に揶揄《からか》ったり、呑んだり、食べたり、賑やかに騒ぐ隣の神々を横目に、湊が緩やかに微笑む。

なんにせよ毎日、楽しくて、充実して、幸せなのだから。


世間は身も心も凍てつく真冬の真っ只中。

空を覆う厚い灰色雲から降り始めた雪は神庭には落ちてこない。積もることもない。

くすんだ枯れ色の冬山を背景に鮮烈な緑一色の春の神庭。

四季の移ろいはなくとも、居心地のいい楠木邸、自慢の庭園。神々の憩いの場。

穏やかな風に撫でられたクスノキが、嬉しそうに、楽しそうに、こんもりと丸い樹冠を大きく震わせた。

あとがき

はじめまして、えんじゅと申します。

このたび「神の庭付き楠木邸」をお手に取ってくださり、誠にありがとうございます。

この小説は、私が半笑いで楽しみながら書き綴り、どなたか一人でも同じように楽しんでくれたらいいなと、あわよくば感想ももらえたらいいなと、下心込みで「小説家になろう」サイト様に投稿した話です。

そうしたところ、思わぬ大勢の読者様から反響と、なぜか担当様にお声がけをいただきまして、あれよあれよという間に書籍化となった次第です。あまりに展開が速すぎて（執筆から出版まで九ヶ月）いまだ自分が書いた物語が本になり、世の書店に並ぶという現実に、頭が追いついておりませんけれども。

さておき、私の自分語りなんぞどなたも興味ないと思いますので、裏話でもどうぞ。


――神木はクスノキと桜、どちらにすべきか相当悩んだ。

それに合わせて主人公も『楠木湊』か『桜木湊』か、と。最終的に、神木といえばやはりクスノキだろうと、クスノキとしました。

――眷属は、本当は十二匹いた。

多すぎ。減らしに減らして三匹に。本当は三貴神《さんきしん》（アマテラス、ツクヨミ、スサノオ）の名をお借りしようかと考えたのですが、あまりに不遜かと、日本三大毒草（ドクゼリ、トリカブト、ドクウツギ）から一部を取ってつけました。

――越後屋について。

十二代目には息子も継ぐ者もおらず、彼の代で店を畳む予定でした。けれども胃を患った十二代目が見る間に痩せ細っていき、焦りを覚えた孫自ら継ぐと名乗りを上げた設定です。十三代目（予定）は、祖父に弟子入りして一年未満の中学生男子。まだまだ喧しい山神の合格点に達する腕前ではないようです。

――最終話、風神・雷神・山神は力を遣いすぎて、体が小さくなる予定だった。やっておけばよかったと若干後悔しています。小さきモノいっぱいになれば、神庭はさらなる幸せ空間となるので。どいつもこいつも中身は変わらず、身勝手極まりないですが。

――湊は、肉弾戦が得意の男にする予定だった。

山場でお披露目のはずでしたが、いざその段階になった時、肉体派は似合わないだろうとやめました。我ながら英断だったと思います。

――播磨と一条について。

二人の名と家紋から、有名なお二方が思い浮かばれるでしょう。子孫設定か否かは、ご想像にお任せします。

それでは、そろそろ。山神を筆頭に神々が好き勝手に振る舞うこの話。まったりグダグダ加減をお楽しみいただけたら幸いです。

作中の一文でも、一場面でも、いずれかが、何かしらが、読んでくださった方の心に残るものがあればいいと願っています。

最後に、書籍化・出版にあたり、関係者の皆様には多大なるご尽力を賜り、感謝申し上げます。

本当にありがとうございました。

電撃の新文芸

神《かみ》の庭《にわ》付《つ》き楠木邸《くすのきてい》

著者／えんじゅ

イラスト／ox

2021年11月17日　初版発行
2024年 1 月10日　6 版発行

発行者／山下直久
発行／株式会社ＫＡＤＯＫＡＷＡ
〒102-8177　東京都千代田区富士見2-13-3
0570-002-301（ナビダイヤル）
印刷／図書印刷株式会社
製本／図書印刷株式会社

【初出】……

本書は、「小説家になろう」に掲載された『神の庭付き楠木邸』を加筆修正したものです。
※「小説家になろう」は株式会社ヒナプロジェクトの登録商標です

ISBN978-4-04-914102-3　C0093　Printed in Japan

ファンレターあて先
〒102-8177
東京都千代田区富士見2-13-3
電撃の新文芸編集部
「えんじゅ先生」係
「ox先生」係